我和幸福只差一个你

你若不离不弃，
我必生死相依

王国军 ◎ 著

北方文艺出版社

图书在版编目（CIP）数据

我和幸福只差一个你：你若不离不弃，我必生死相
依 / 王国军著 . —— 哈尔滨：北方文艺出版社，2017.7（2017.12重印）

ISBN 978-7-5317-3839-8

Ⅰ . ①我… Ⅱ . ①王… Ⅲ . ①散文集 – 中国 – 当代

Ⅳ . ①I267

中国版本图书馆 CIP 数据核字（2017）第 070445 号

我和幸福只差一个你：你若不离不弃，我必生死相依

作 者 / 王国军

责任编辑 / 王金秋

出版发行 / 北方文艺出版社　　　网 址 / www.bfwy.com
邮 编 / 150080　　　　　　　　经 销 / 新华书店
地 址 / 黑龙江现代文化艺术产业园 D 栋 526 室

印 刷 / 北京嘉业印刷厂　　　　开 本 / 880×1230　1/32
字 数 / 210 千　　　　　　　　印 张 / 10
版 次 / 2017 年 7 月第 1 版　　　印 次 / 2017 年 12 月第 2 次印刷

书 号 / ISBN 978-7-5317-3839-8　　定 价 / 39.80 元

写在前面

我和幸福只差一个你

有人问我，爱的力量有多大？

我想，我们可以通过下面的这个故事略窥一二：2012 年 6 月 12 日，一位 65 岁的老人伸开双臂，牢牢地接住了从 7 楼坠下的小外孙。事发地点位于长沙市的一个小区，6 月 12 日上午 10 点 30 分，笔者赶到现场时，院内已经围满了人，大家还没有从刚才那惊险一幕中醒过来。"这事真少见，这老汉咋这么伟大呀？7 楼掉下来的小孩子都能接住！"

邻居所说的老汉姓秦，今年 65 岁了，被他接住的孩子 4 岁。

这就是爱的力量，当然，爱不仅是亲人之爱，还有男女之爱等等。

好几次，我被邀请到朋友的总统套间去倾听他婚姻的不幸，听那些由鸡毛蒜皮的小事而引起的剧烈争执。这时我会透过阳台的玻璃，看街道上一个衣着朴素的男人背着他的妻子穿过长长的街道，走进医院的大门。女人很胖，可男人没有累的意思，相反不时逗得女人一片娇笑。朋友偶尔也凑过头来看一会儿，感慨地说："我想，我不管怎么努力，也找不到他们那样的幸福。"

我想朋友说的是实话。两个心心相印的人即使在病中，也远比住总统套间却背道而驰的人更接近幸福。

爱这个词很普通，社会上随处可见。墙上的"我爱你"是爱，一个人施舍了乞丐一毛钱是爱，母亲为孩子做了一件毛衣是爱。爱，无处不在。其实，我们能把握和拥有的爱，和番茄炒蛋是一样的味道，酸中带着甘甜。

《我和幸福只差一个你》一共分五章，精选了作者海量情感美文，形式别具一格，内容充实新颖，涵盖了恋爱、婚姻等各个方面。

这些精选的美文内容生动、充实，或出自你我身边，或源自经典案例，或来自于内心深处的思想结晶，在如芬芳泉水般沁人心脾的文字中，我们可以感悟青春，体验爱，领略不淡定的魅力，在激情的爱的故事里，踏着爱的痕迹挥鞭前行！

真诚希望《我和幸福只差一个你》能够让你在漫漫人生路上多一些温暖，少走一些弯路，让你的情商涨潮，为你的人生注入更多的温暖与激情。

目录

第一章
我想轻轻地爱你一生

一辈子，其实很短，生死之间。

而爱情却可以很长，是在一起那一刻的天长地久。

那些年轻的纯洁岁月，原是生命中最美的时光。

即使不能爱你，也要留下一个刺青，让我的人生从此与众不同。

第二章
把你，停留在最美的时刻

十年之后，他们再次牵手，但此时只剩下了祝福和牵挂。
她明白，有他的祝福，她将来一定能走得从容而美丽。
而那份年少的爱，就让它种在心里吧，发芽，成长，最后揉成一朵云，
那样的美丽，就算远在天涯，他和她，都能看到。

第三章
你若不离不弃，我必生死相依

很多人都以为生活中只要有爱就足够了，
其实，婚姻要的不只是爱，还有责任、尊重和欣赏。
一个优秀有才的男人，找一个以自己为中心的女人很容易，
而找一个懂得经营自己的伴侣才是旗鼓相当的。
婚姻其实也是场较量，只有棋逢对手，才有更长久的快乐。

第四章
请让我为你系一辈子鞋带吧

婚姻有三层境界：嫁给金钱，嫁给美慕，嫁给幸福。
嫁给金钱，得到的是爱情的背叛；
嫁给美慕，虽得到了别人的认可，但可能会迷失自我；
只有嫁给真正的爱情，得到的才是幸福。

第五章
用尽了全力，只为在一起

人的一生当中哪里有那么多的精力去顾及情感，生活已经够累，
爱情哪里还经得起那么多的挫折啊。
找一个适合自己，对自己好，疼自己，爱自己的，
平平淡淡地过一辈子，夫复何求！

第一章
我想轻轻地爱你一生

一辈子，其实很短，生死之间。而爱情却可以很长，是在一起那一刻的天长地久。那些年轻的纯洁岁月，原是生命中最美的时光。即使不能爱你，也要留下一个刺青，让我的人生从此与众不同。

左手光阴，右手爱

朴小菲拼命地摇头，

安小树彻底崩溃了，

整个夏天，他都过得很低沉。

安小树和朴小菲是在校园文化节上认识的，那时是三月，樱花灿烂的季节，两个人都被安排采访同一个教授。安小树第一个赶到，正想采访，突然背后有人叫他，刚转身，朴小菲便像风一样飘了过去，录音笔已经对着教授了。安小树本想喊：朴小菲，我可是先到的。但看着教授和她聊得很投机的样子，只好硬生生地把这句话吞了下去。

说也奇怪，接下来的几次采访，安小树都落在了朴小菲的后面，为了显示风度，安小树还是等着朴小菲一起走。分别的时候，朴小菲扔给他一本日记本说："多学习吧，看你弱不禁风的样子，怎么跟我抢风头啊。"安小树只好一脸苦笑地跟在后面。

年末，朴小菲无可非议地拿到了学生会的最佳记者，她对两手空空的安小树说："小弟弟，知道我外号叫什么吗？叫姐，今天姐高兴，我请客。"说着，拖了他就走。

手指交错的刹那，安小树心里一阵慌乱，他知道自己是喜欢上了这个来自尼泊尔，却一直生活在中国的漂亮女孩。只是，她喜欢自己吗？安小树不知道，他只知道，朴小菲看自己的眼神都是若即若离的，还有，给她看自己的作品，每次都被批得一无是处，

有时候，安小树甚至想，难道自己上辈子和她有仇，要不然朴小菲何以这么容不得自己。这样想着，安小树心里便升腾起一股爱意。

遇着朴小菲时，安小树真想大胆地说出自己的想法，可是转念一想，也许只是自己一厢情愿罢了，这个身上带着尼泊尔皇室贵族血统的公主，能看上自己这个穷小子？安小树苦笑着走开了。

大二时，朴小菲说："你给我介绍个男朋友吧？我想轰轰烈烈谈场恋爱。""要找，你自己去找。"安小树转过头去，心却狠狠地疼。

大三时，朴小菲说："告诉你，姐我谈恋爱了。"安小树一张脸变得苍白，却竭力控制着自己的情绪："恭喜你啊。"朴小菲关心地问："你脸色怎么这么差，是不是紧张我了？"安小树侧过头："没有的事，我昨晚没睡好，我先不和你说了，回寝室补觉去了。"

安小树大哭了一顿，室友惊讶地说："男人也哭，害不害臊？"安小树伤心地说："谁说男人不能流泪，只是没到伤心处嘛。"室友都劝："你要是真喜欢她，就干出点事业来，等你强大了，就是抢也

能抢过来。再说，人家毕竟也是尼泊尔皇后的侄女，你没点身份，这事怎么能成？"安小树触电般地站起来，大声说："对，我要创业，我要活出个男人样来。"

再次见到朴小菲是在图书馆，她的身边跟着个单瘦的男人，一阵风就能吹跑的那种，安小树凑过去，低声说："你就这水平啊？"朴小菲觉得这是对她的挑衅，狠狠白了一眼，扭头就走，丢下了一脸失望的安小树。

安小树去医院做体检的时候，遇到过朴小菲几次，他很想追问朴小菲来这里做什么，但看到她行色匆匆的样子，只好欲言又止。

安小树和同寝的两个室友一合计，开始做起了租赁西装的生意。安小树在校内找了个门面，又和校外的干洗店谈妥合作的事情，经过简单的装修后，安小树的店开始营业了。

因为太忙，安小树几乎没空去找朴小菲，朴小菲倒是来过几次租西服，每次都一个人。有时，安小树就笑："怎么，你的跟班呢？"朴小菲喃喃地说："有些事，你不明白的。"

那年七月，朴小菲也来店里帮忙，朴小菲给了安小树一张名片，朴小菲说："将来，等你有空的时候，来尼泊尔，我给你做向导。"

周末，安小树带着朴小菲去山顶，满山遍地的野花，虽不能说姹紫嫣红，也称得上五颜六色。朴小菲说："知道这些花为什么这么好看吗？"

安小树摇摇头。

朴小菲又说："那是因为它们从来不觉得自己是自卑的，不管出生在哪里，它们都能朝着太阳，勇敢地欢笑。"安小树心里一动，他沉思了片刻，然后说："小菲，其实我很想跟你说一句话，我……"结果，话被朴小菲的电话打断了。

晚上，朴小菲就上了去尼泊尔的火车。安小树去送，火车开动的时候，朴小菲想起了什么，连忙问："安小树，上次去看花时，你是不是有话想对我说，再不说，你就没机会了。"安小树跟着火车跑，大声说："朴小菲，我想告诉你的是，这三年来，我一直都爱你，可惜你已经有了男朋友，你曾经爱过我没有？"朴小菲听后，拼命摇头，摇头。

安小树彻底崩溃了，整个夏天，他都过得很低沉。

直到秋天，安小树才振作起来，在两个伙伴的齐心协助下，安小树的事业也风生水起。不久，他成立了公司，业务拓展到市区的所有高校，每天都租出四五十套西服。安小树成了附近有名的创业能人，不少女生都主动献殷勤，安小树却一直不为所动。闲暇时，安小树总会去山顶上坐一坐，朴小菲的影子就像放电影一样，从眼前飘过。有时，安小树想，自己是不是中了她的毒，要不然，一个对他摇头的女人，这么长时间过去了，怎么一直都无法释怀。那本日记本，安小树舍不得用，就放在床头。每天睡觉前，安小树都要靠它来取暖，看一看，心里便有了香甜的味道。

冬天的时候，安小树利用手中的积蓄，在城区买了套房，又把父母接了过来。他去加朴小菲的 msn，消息发出去后，却一直没有回音，手机也停机了，朴小菲就像从这个世界中凭空消失了一样。那几天，安小树失眠了。

安小树突然做了一个冲动的举动，那就是去尼泊尔找她。室友被他的举动吓了一大跳，继而支持他，去看看也好，看了才会死心。

安小树去了尼泊尔，在参观加德满都王宫广场后，走进了一家茶馆。馆子里稀稀落落坐了几个人。安小树正要出来的时候，突然看见一个男子手捧着大束玫瑰跑了进去。顺着男子跑进去的方向，安小树看见那男子，跪在了一个妙龄女子面前，叽里呱啦地说着话。安小树虽然听不懂，但也能猜得出来那是在求婚。让安小树惊讶的事情发生了，那女子拼命摇头，然后哭着把花收下了。男子牵着女孩的手走出来的时候，安小树顿时觉得血都在倒流，摇头不是表示不同意的意思吗？怎么她还接受了花呢？

安小树忍不住走了上去，拦住男子，拼命打手势，意思是说，她摇头了，你怎么还这么高兴？男子忽然笑了，用不太标准的普通话说："你是中国人吧，难怪你不知道，在我们尼泊尔，摇头就是点头的意思……你是不是遇到什么麻烦事了？"

安小树一颗心直往下面沉，那天在火车站送别的情景又浮现了出来，直到现在他才明白，摇头就是表示同意的意思。面对爱情，他简直就是一个白痴。想想朴小菲说的那句野花从来不自卑的语句，这不都摆明了是暗示要他主动，可是他居然都没看出来。

安小树恨不得朝墙上撞，被男子死死抱住，男子说："兄弟，没有过不去的坎，你把她的地址告诉我，我带你去找，她要是真心喜欢你，就一定会等你的。"

安小树把当初朴小菲给他的名片掏了出来，男子说："这个地方我知道，我马上带你去。"

坐在男子的三轮车上，安小树的一颗心早已飞到了朴小菲的身上。一年过去了，她还在等自己吗？会不会都已经结婚生子了？安小树心里只好暗暗祈祷，但愿一切都还来得及。

车子左拐右拐到了一个偏僻的小山村，是一个希望小学。男子走到门口问了一下，然后笑着说："你找的人还在，祝你好运。"

安小树走进学校的时候，一个中年人热情地跑过来说："你是来找朴小菲的吧？"安小树诧异地说："你怎么知道是我？"中年人笑着说："一年前，朴小菲来的时候就告诉我，如果有一个叫安小树的人来，一定要帮她留下来。"

中年人把安小树带到了朴小菲的房间，远远地，安小树就闻到了野花的香味，屋子里到处都是野花标本，他的照片贴得到处都是。中年人说，这一年来，朴小菲都是靠他们取暖的。

安小树说："那她的男朋友呢？"

中年人笑了："朴小菲都告诉我了，那是一个追了她整整三年的男孩子，后来得癌症了，在生命的最后时刻，想让她做一个月的临时女友。小菲这么善良的女孩子，一心软就答应了。"

安小树的脑袋一阵发晕，难怪在医院的门口，好几次遇到她。中年人接着说："朴小菲去皇宫了，她姑姑给她安排了一场相亲，对方是某部长的儿子，朴小菲本不想去的，实在推不掉。"

仿佛过了一个多世纪，安小树见到朴小菲的时候，是在第二天下午。朴小菲的身边还跟着一个西装笔挺的男人。两个人就那么呆望着，朴小菲突然哭了，说："你是来给我送结婚喜帖的吧？"安小树摇头："我女朋友都没有，怎么会有结婚喜帖呢，你快有了吧？"朴小菲说："我还在等我喜欢的那个人来找我呢，我足足等了一年了，要是还不来，我随便找个人嫁了，让他一辈子后悔去。"安小树狂喜地说："这不是来了吗。"两个人紧紧抱成了一团。

房间里就只剩下两个人了。安小树怜惜地摸着朴小菲憔悴的脸说："这一年让你久等了。"朴小菲笑着说："不晚，以后你加倍补偿我。"安小树流着泪，拼命点头。

安小树从身上摸出一本日记本，朴小菲惊讶地说："怎么还没用？都五年了。"安小树说："那是我喜欢的女孩子送给我的礼物，我不舍得用，我要保留着，就和我们的爱情一样，一生一世……"

我想轻轻地爱你一生

春天花会开，秋天瓜会熟，
可我不知道属于自己的春天什么时候到来，
也许在明天，也许永远都不会。

2009 年初春一个十分普通的周六，我从图书馆的书海里暂时挣脱出来，跑到寝室美美地睡了一个下午。等我走出来吃饭时，才发现街上到处都亮起了橘黄的灯光，像星星的物语。

我呆呆地坐在一家饭馆里随意点了盘上海青，开始思考着如何打发这漫漫长夜。

我掏出手机，一一给室友打电话，但不是关机，就是占线，我知道此时他们正穿梭在城市的某个角落里，和自己心爱的恋人一起携手浪漫呢。而我像只落单的飞鸟，纵有动听的旋律，也只能独自落寞地吟唱。

长街上不时走过一对对情侣，他们亲密的模样对我来说是一种诱惑，也是一种心酸。我一直渴望着有那么一段轰轰烈烈的故事，可我喜欢过的每个女孩最终都把我挤在舞台之外，就像是一阵淡淡的风，没载走任何花香。

虽说我现在还有一个异性伙伴，但我至今搞不清我爱不爱她，也不清楚我在她心里到底有没有位置。那是一个大三的女孩，我们已经认识整整两年了，这两年来，她从没对我暗示过什么，我也没跟她说过任何大胆的话语。和她在一起，我是放松的，我想她也是。

我知道，春天花会开，秋天瓜会熟，可我不知道属于自己的春天什么时候到来，也许在明天，也许永远都不会。

小余给我打电话时，我正在跟一个书店老板讲价，他要转行开饭店，所以这些处理的书都特价。我一口气挑了十几本小说，一块钱一本。小余问我在忙啥，我说买书呢，小余便以一种感叹的口吻说："还以为你在玩二人转呢。"

我说："你瞎讲什么，我还没那样的艳福呢。"顿了顿，我又说："你有什么计划呢？"小余说："哥们儿，你要是真闲着，就跟我一起去溜达溜达，五一路那里有一家歌厅新开张，我弄了两张优惠券。我立马就过来，你千万莫走开。"小余说完，也不管我同不同意就挂了电话。

小余是我的老乡，大四，是学校团委宣传部部长。我们经常在一起聊天，每一次我失恋，他总是第一个跑来安慰我，对于他的请求，我自然不好拒绝，虽然我只想一个人静静。

小余开着女式摩托车来接我时，街上已是一片繁华。我跨上他的摩托车时，他也不言语，只是默默地点燃一支白沙烟，吐了几个烟圈，任夜风愣愣地把它吹散。

片刻后，我们安全到达目的地，歌厅里已是人头攒动。小余本想找一个小包，但老板说所有的包厢都已满了。无奈，我们只得留在大厅，但饶是如此，小余也显得格外兴奋，在他的影响下，我的心情也渐渐好了起来。

小余点了两瓶啤酒，和我对碰了一杯之后，便迫不及待地钻进人群，去寻找他的猎物了。我自然相信他的本事，我的目光也紧随着他移动。只见他很快跟一个金发飞扬的女孩热情地交谈起来。我笑了笑，只是默默地喝酒。

折腾了好久，小余又跑过来，说："还傻愣着干啥，快去点歌啊。"说罢咕咕灌了几口啤酒，又去和那个女孩闲聊去了。

耳朵里响起了磁性的声音，是刘德华的《男朋友》：

"我是你男朋友，你是我女朋友……"

我想，写得真好，听着，也是一种享受。我刚起身，便有一个甜甜的声音说："帅哥，有没有兴趣合唱一首？"我淡淡地看了她一眼，说："我不会唱歌。"

女孩不信地问："来到这个地方的人还有不会唱歌的？"

我说："我就是。"其实我很能唱，只是今天我总觉得缺少那么一种唱歌的氛围。

女孩大方地坐在我的身旁，说："那聊聊总可以吧。"

我问："你喝不喝酒？"

女孩笑了，说："你还真幽默，不会喝酒的人哪有资格出来混？"女孩的话令我大是惊讶，我说："那你干吗的？"女孩说："那你猜猜，猜对了我喝一杯，猜错了罚你三杯。"我去问老板要了个杯子，又提了三瓶啤酒，给她倒满了，我说："我猜不出来，这酒我喝了。"我一口气喝了一瓶啤酒，女孩忽然咯咯笑了起来。我不解地望着她，女孩说："想不到这个世界上还有你这么老实的人。"我说："我就是。"

女孩幽幽叹了一口气，说："以前我也像你这样，不过老实人到处都吃亏，工作上是，爱情上也是。"女孩的眼睛红了。我连忙说："那我们谈点别的吧。"女孩很快恢复了平静，轻轻笑了一下，说："不跟你聊了，我要去工作了。你是个老实人，也是个好人，所以我要特别提醒你，当你拥有时，一定要牢牢把握住，不然，就会像我一样整天都后悔。"

我的心猛然一震，正待追问些什么，女孩已扭着莲步轻轻走了。

夜色渐深，歌城里的人明显少了，小余也快步走了过来，我说："走吧。"

门外，是城市寂静的夜。街上的灯火已明显变少，黑夜就像一张撒开的大网，把我们紧紧地抱在它的怀里。

那一夜，我彻底失眠了。

一大清早，我便拨通了她的电话，沉默了许久，我说："我轻轻地爱你一生好吗？"

电话那头，没有说话。

下一个路口遇见你

我现在对他只有感动，
我们之间并没有爱情。

我知道，我是一个外表很坚强、内心十分脆弱的女孩。当室友都成双成对地在花前月下甜言蜜语的时候，我还是一个人在图书馆啃着一本又一本厚厚的英语书。每次晚上开"卧谈会"的时候，室友们总会"批斗"我："老四，你也该再找一个男朋友了，要不小心以后变'剩女'哟。"每每这时候，我总会扔下一句："姐姐们，你们就别拿我开玩笑了，像我这样，我可不想把别人吓个半死不活，拔腿就跑。"我扭过头抚摸着左脸上那道疤痕，那是我心中永远的痛。

然而，我万万没有想到，林志飞竟然在我爱情的深谷里"横空出世"了。

那天黄昏，我像往常一样来到学校操场附近的一棵梧桐树下，倚靠着它读英语。一个篮球不期而至地滚到我身旁，只听见身后一个男生大喊："Hi，美女，可不可以请你把球传过来？"

见我没反应，他就走到我身边来捡球，以为刚才冒犯了我，慌忙地道歉："我叫林志飞，艺术系的，刚才你的背影在黄昏下真的很美，简直就是一幅天然的水彩画。"

我这才缓慢地抬头侧过脸来，他见到我脸上的那道疤，似乎觉得很内疚，于是急忙改口道："对不起。"就低着头慢慢地走开了，口中还小声嘀咕着什么。

再次遇到他，是在学校的一场晚会上，那天我特意坐在前排右边的一个角落里，因为那里的光线最黯淡。是的，我是喜欢黑夜的，因为只有在黑暗中才没有人注意我脸上的那道疤，我才可以不用头发遮住它，扎上自己喜爱的辫子大步地走在路上。

忽然，我听到主持人说："接下来艺术系的林志飞将为我们表演一个精彩的魔术，大家鼓掌欢迎。"顿时，我一怔，还以为自己听错了呢。直到看到他慢慢地走到舞台中央，我才确信自己没有听错。

接着林志飞优雅地说："接下来我表演的这个魔术需要有一位现场的女孩子跟我配合，不知道有没有愿意的同学？"听到有这么一位大帅哥的邀请，台下的女生们都举着手叫喊："我愿意！我愿意！"没想到，他却指着角落里的我说："让我们有请这位女生上台，好不好？"在大家的欢呼声中，我被推上了舞台。

晚会结束后，我刚迈出礼堂就听到他在后面叫我："你好，谢谢你今天晚上的配合，我可不可以送你回宿舍？"我默默地点了点头。

到宿舍门口的时候，他有些不自然，抬头望了望我们宿舍。原来室友们都趴在窗口嘻嘻哈哈地冲我们笑。

刚回到宿舍，老大就拦在门口："老四，今天去干什么了呀，这么晚才回来？赶快老实交代！"

我低着头嘟哝着："我去教室自习了啊。"

"我看不是吧，是去约会了吧。"老二也插进来道，"要不怎么会有这么个大帅哥送着回来呢？"

我的脸涨得通红，嗔怒地结结巴巴矢口否认她们的"指控"。

那天晚上，她们不停地"探讨"着我和那个男生的关系，尽管我在她们面前一再声明，我和他的关系就像小葱拌豆腐那样地一清二白，但在内心深处我却渴望着那朵爱情花能早点盛开。

接下来的日子充满着惊喜，林志飞每天都会像变魔术似的出现在我面前，与我一次次在教室、图书馆"偶遇"。伤心的时候，他会像变戏法一样来逗我开心；生病的时候，他会翘课陪在我身边，甚至为了给我补习而去学他最讨厌的数学；想吃东西的时候，他会冒着大雨去校外，只为给我带来一碗热腾腾的酸辣粉。室友们都说我"走桃花运"了，整天有这么个大帅哥陪着。

10月3日，我的生日。老大满脸期待地问我有没有新花样庆祝，还没来得及等我回答，老三就插嘴道："当然是和男朋友一起去旅游啊！"

这时候宿管阿姨在楼下大喊："619，谢楚楚，有人找你！"大家赶紧把我推到门口，扔下一句："赶紧去和你的魔术王子约会去吧。"就把宿舍大门"啪"的一声给关了。

坐了两个多小时的车才到达那片原野。山顶上，他说要给我变一个魔术。只一下，他空着的手里就出现了一大束玫瑰花，还有一个蛋糕，送到我面前说："送给我亲爱的公主，愿我们的爱情永远甜蜜。"

听到这些话，我并没有兴奋，反而觉得很平静。因为我知道，我要回绝他。我现在对他只有感动，我们之间并没有爱情。我不能因为感动而接受他的爱，更不能因为爱情资源的匮乏而接受这份爱。

"我知道你很优秀，我需要的不是'魔术'爱情而是一份真实的感情。"我认真地说，"或许你还没有真正地喜欢我，只是对我好奇罢了，以后我们还是做好朋友算了，不要做恋人。"

他红着脸，激动地说："为什么？你要相信我，我是真心喜欢你的。"

我慢慢地说："难道你们男生就会这句话？我不相信这些，你以为我脸上的这道疤痕是天生的吗？"

　　大二那年生日，张龙约我出去旅游，也是在这里。那天日光和煦，微风轻拂——对于一对来旅行的恋人来说，这样的天气太舒适了。这里群山紧锁着溪谷，石楠丛生的峭壁和山丘，在这宁静的秋天没有什么地方比这里更加惬意了。黄昏的时候，落日的余晖洒在我们身上，他那俊美的脸庞在斜阳的照射下显得容光焕发。他搂着我，深情地说："楚楚，我会爱你一生一世的，无论发生什么事情我们也不要分开。"那时候，我不羡慕世界上的任何人，因为在这个地球上，我相信不会有一个比我更幸福的女人了。

　　那天我们玩得很开心，很晚的时候才动身回来。半路上发生了意外，由于车速太快，我们的车眼看着就要和前面迎面而来的一辆大货车相撞了，一想到张龙是表演系的，脸上可不能受伤，我就扑到他的身上，抱着他的脸。

　　我以为他会一直陪在我身边，然而等我在医院醒来之后，就再也没有见到过他，而这道疤却永远地刻在了我的脸上。

　　"是不是你们男生的诺言都这么轻？"边说我边取下他送我的那条链子，把它扔进脚下的那片湖泊，"轻得就像这条链子，扔出去之后，就再也不可能收回来。"

　　没想到，林志飞竟然跟着那条链子跳进水中。虽然只是初冬，河水却是冰冷刺骨。他跳下去之后才发现自己不会游泳，只得大喊让人把他救上来。看到他浑身湿透的样子，我忍不住笑了。

回来后，很久没有看见林志飞了，有时候我会想起他，不知道他在忙些什么。或许他已经不好意思再见自己，又有了新目标吧。

那天去食堂吃饭，偶然看见学校海报墙上贴着一张小广告，上面写着：急求一位游泳教练，重酬！联系人：林志飞，后面还有联系电话。

我想了想，还是拨通了那个熟悉的电话号码。电话那头热切地说："楚楚，接到你的电话真是太好了，告诉你一个好消息，我已经学会了游泳。昨天去我们上次去的那个地方，我找到了那条链子，我马上就给你送过来。"

半个多小时后，他像个获胜的孩子似的高高举起那条链子跑到我面前，欢呼着："楚楚，你看，我真的找到了。"

看着他手里的链子，我的鼻子有点酸，眼眶也湿润了。我知道这次他给我表演的不是一次光与影的魔术，而是一次真爱的缩影。

烟花乱

> 钱能买来一个人的空壳，
> 却买不了来自灵魂的真挚情感。
> 但在现实面前，
> 爱情往往苍白得不堪一击。

莫小米是在酒吧认识刘子寒的，高高瘦瘦的，打扮得干净整齐。第一眼，莫小米就被他深深地吸引住了，她几乎是颠着屁股跑过去的。

她跟他敬酒，他端起了酒杯回敬。那优雅的姿势，像蚕丝一般绕住了她的心。莫小米喜欢这种心动的感觉。她不喜欢太邋遢的男人，比如谭爱错。谭爱错是她的男朋友，典型的富二代，才24岁就已经有两家公司了。莫小米上大学的所有钱都是他垫付的。才大二的时候，谭爱错就把她的父母接到了城里，买了三室两厅的房子，还请了保姆。他说，等她做了自己的妻子后，他就让莫小米的弟弟做经理。莫小米的父母都说，有这么好的男人，值了。可莫小米不这么认为，她真的不喜欢谭爱错，但又欲罢不能。

谭爱错是爱她的，明眼人一看就知道，而且很专心。莫小米一有什么事，他就紧张得不得了。因为成天被众人捧着，莫小米一度很高调地认为，自己这一辈子一定会找一个自己深爱的男人，却不想还是败给了现实。可是有什么办法呢？她唯一能报答父母的，也就只有这么多了。

直到遇到刘子寒，莫小米突发奇想，在结婚之前一定要找个自己喜欢的男人，轰轰烈烈谈一场恋爱，哪怕粉身碎骨，也心甘情愿。

莫小米特意为刘子寒点了一首歌，然后要了他的电话号码，却不想遭到了拒绝。莫小米的狠劲一下子来了，长这么大，她想做的事情还没有做不到的。

刘子寒向东，莫小米也向东，刘子寒向西，莫小米也向西。刘子寒把这条街走了整整两个来回，莫小米就笑，刘子寒就说，你笑什么呢，我只是忘记了天安门广场从哪条路进去。原来是个路痴啊，莫小米心里说着。她抓着刘子寒的手，一直跑到天安门广场，她真的想就这么抓着自己喜欢的人，直到天荒地老。

她送他回家。那是个什么样的家啊。在破烂的小巷深处，还是六楼。可以用三个字来形容房间的摆设：脏、乱、差。

原来刘子寒是个北漂族。

房间有把小提琴，那是莫小米最喜欢的乐器。莫小米拉了一首

《月亮代表我的心》。刘子寒整个人都傻了，他感叹，你也喜欢音乐的啊。

为此，莫小米特意给自己开了个微博，取了个契合现在心情的名字——好好爱一回。

之后，莫小米总会隔三岔五地跑到刘子寒的房间里玩。

没想到刘子寒还是个自由撰稿人。

莫小米最喜欢拿着他的稿费单，一张张数，末了加一句：你可以教我写稿吗？他真的教她写，她也真的写，往往是半个小时就写好了，他改，却花费好几个小时。

她还想了解他更多，甚至包括他的过去。他看着她，只笑。她喜欢看着他沉思的样子，安静而祥和。好几次，她都想把自己的身体靠在刘子寒的怀里。她不喜欢谭爱错的怀抱，一靠上，满嘴的胡须跟着就来了，她喜欢静静地拥抱，比如和刘子寒。不过，她一直都在想，刘子寒的定力怎么这么好。即使有时，在他眼前换衣服，他也无动于衷。

生日那天，莫小米是和谭爱错一起过的，在一家五星级酒店，两个人吃饭，却有三个人服侍。生日蜡烛送进来的时候，谭爱错突然摸出一个钻石戒指，单腿跪地，他说："小米，嫁给我吧，只要是我有的，我什么都给你。"

谭爱错就是这么自大的人，他以为钱能解决一切。是的，钱能买来一个人的空壳，却买不了来自灵魂的真挚情感。

不过，莫小米还是满面笑容地收下了他的礼物。

晚上，莫小米找了个借口，打的直奔天安门广场。

刘子寒就坐在那里拉小提琴，坐下，刘子寒摸出一页手稿说，给你写的诗，生日快乐。莫小米整个人都轻轻地颤抖起来，此时的她已经完全沉浸在浪漫的海洋里。刘子寒是喜欢她的，要不然就不会给她写诗了。

莫小米拖着他的手跑到高处，她早就打听清楚了，今天晚上会有一场流星雨。晚上一点时，流星雨如期而至。莫小米靠着他的肩膀，她说："子寒，很久以前，我也和你一样，充满了梦想，所以，当我第一眼看到你时，我就深深爱上了你，你知道吗？"

刘子寒和她照了一张大头贴，出来的时候，莫小米说："大家都说，恋爱的女孩是世界上最幸福的人，果然如此啊。"

莫小米在微博上写到，这是她人生第一次自主的恋爱，她陶醉其中，她有了再活一次的感觉。

莫小米的婚事安排在元旦，蜜月旅行的计划也定好了。莫小米弟弟的事情也办妥了，谭爱错在公司的股东大会上说："好好干，将来你前途无量。"

婚礼前的一周，莫小米决定去找刘子寒。她决定把什么事情都告诉他，可是等真正见到刘子寒时，她却什么也说不出来。

唯有拥抱，唯有热吻。但她分明发现，刘子寒变得憔悴了，也开始抽烟了，常在夜深人静时，一个人在阳台上吞云吐雾。也许他已经从媒体的报道里知道她要结婚的消息了，可是有什么办法呢？在现实面前，爱情往往苍白得不堪一击。

结婚的前一天，莫小米又去了刘子寒那里。半夜里，她几次从刘子寒温暖的怀抱里惊醒，她和他说着自己家里的情况，说着父亲的病，说着弟弟的事。她说，能让父母晚年有个安定的港湾，能让弟弟有份稳定的工作，这就是她的梦想了。

莫小米边哭边说。末了，莫小米说："子寒，对不起。"

刘子寒坐起来，点燃一支烟，看着她，一如以前的优雅，又过了一会儿，刘子寒说："小米，你放心吧，我不会打扰你生活，自此，就当我们从来没认识过。"

莫小米是哭着跑回去的，她一直认为，自己在他的生命中会扮演很重要的角色，却没想到，他也能如此优雅地转身。那天的微博上，只有用泪写的一句话：伤，并痛着。

莫小米的婚礼按期举行，接着就是半个月的蜜月旅行。在这期间，莫小米多次给刘子寒发短信，但都杳无音讯。

回来后，莫小米迫不及待地去找刘子寒，但已是人去楼空。在房东那里，莫小米拿到了刘子寒留给她的小提琴和一盒巧克力。刘子寒在信上说：不开心的时候吃一块，什么烦恼便都没有了。

　　婚后的日子并没有莫小米想象得那么完美。谭爱错天天忙着公司里的事情，很少回家。莫小米也不介意，她乐于做一个阔太太，今天和经理的太太去香港购物，明天找董事长的小蜜搓麻将。或者，在微博上发些琐碎的牢骚。

　　偶尔，莫小米也去下酒吧，坐在刘子寒坐过的地方，抿着酒，静静地沉思着。一切犹如昨天发生，却早已远隔天涯。

　　莫小米忽然想起刘子寒曾经对她说过他要写本小说。想到这，莫小米站起来，跑出去，拦了辆的士直奔书城。

　　刘子寒的书就摆在畅销书的位置上，封面上赫然写着"烟花乱"三个字。莫小米一口气买了三本。回来的时候，莫小米在微博上感叹，他终于成功了，终于实现了自己的梦想，他就像草原上的雄鹰，任何苦难和挫折都无法阻挡他翱翔蓝天。

　　书中的女主人公也叫小米，几乎是一样的遭遇。那个叫小米的女人，在酒吧邂逅了一个文学青年，两人因此相知相爱。故事的结尾是，小米和一个富翁结婚了。所不同的是，小米在书中做了个相夫教子的好妻子，而现实中，她什么也不是。

　　莫小米是流着泪看完这本书的，以至于谭爱错进来时，她都没有发觉。他轻轻替她擦了泪，谭爱错随手翻了几页，说："这里面的女主人公怎么那么像你？"

　　莫小米说："你不知道很多记者都在采访我啊？你累了吧，吃饭了没？我去给你做饭吧。"

　　谭爱错突然站了起来，惊讶地走过来，摸她的额头："你没发烧吧？"莫小米瞪了他一眼，说："难道你认为我只是个蛮不讲理的人吗？"谭爱错笑了。

　　进厨房前，谭爱错走到电脑前，轻轻关闭了微博，说："好好和我过日子吧。"

藏在棉球里的爱

他没说话，拿起其中的一个，
仔细端详着，每一颗棉球都贴了张标签，
上面写着详细的使用时间，
每看一个他的心就跟着颤抖一次，这些棉球是够用 80 年。

和他认识时，她就知道他有打鼾的习惯，大而沉重。只是那有什么关系，她想，两个人的爱情与鼾声无关。

他们在众多朋友的质疑声中走到了一起。婚后的前三天她都无法睡着，他的鼾声太大了，好几次都将她从梦中弄醒。他尴尬地望着她：要不等你先睡了，我再睡。她摇摇头。奇怪的是，一周后他再也没有见妻子被他吵醒，也许时间久了，习惯了，他笑着安慰自己。

那一晚，他起身去洗手间，突然看到一条蛇爬进了窗户，他大声喊，她却一点反应也没有。他冲进卧室，看到她一动不动地躺在床上。结婚十多年了，头一回，他是如此仔细地审视自己的妻子。

之后，像所有厌倦了林子的鸟一样，他开始把翅膀伸向外面，很快向她提出分手。她静静地听完，不哭也不闹，只是嘱咐他晚上一定要睡好。

年轻女孩很快就取代了她的位置，那个晚上，他没有早早上床，他怕他的鼾声吵醒她。半夜里，他被她一个耳光扇醒了，原因是他的鼾声让她无法入眠，他只好苦坐到天亮。

接下来的几个晚上，他尽力控制等她熟睡了才上床，但还是把她吵醒了。后来，他干脆搬到书房，又换了张厚实的木门，彼此才相安无事。

那一次，他去出差，意外地在飞机上遇到了她，她问他过得怎么样。他尴尬地笑笑："还好，就是一个人睡，我的鼾声太大，没有人能受得了。"她"哦"了声，说："13 年前，怎么不这么做呢？害我每天只好塞棉球，白白忍受了这么多年。"他无言以对。

回到家，他赶紧打开她以前的衣柜，一大堆棉球滚了下来，在一旁的女孩立刻惊叫起来：这是什么玩意？他没说话，拿起其中的一个，仔细端详着，每一颗棉球都贴了张标签，上面写着详细的使用时间。每看一个他的心就跟着颤抖一次，这些棉球足够用 80 年。

他泪眼朦胧，他一直以为自己懂爱情，却不想她才是真正的懂，就比如，她忍受不了他的鼾声，却一直塞着棉球，并打算塞 80 年。

等待雨，是伞的一生宿命

不管你愿不愿意，

我已经铁了心交你这位朋友，

透过字里行间，

我感觉你就是我要在茫茫人海中苦苦寻觅的知音。

与谷雨的相恋纯属偶然，然而似乎又是冥冥之中天意的必然。

经过半载苦读，我有幸跨过了考研这座独木桥，进入西华师范大学继续深造。这是西北地区一所门类齐全的本科院校，校园内花木葱茏，是一方读书的圣地。也许是上天对我的恩赐，也许是我沾染了这里青山绿水的灵气，我又重新拾起搁了七年的笔，我比以前更加勤奋，作品也陆续在各大报刊发表，我也由此才与谷雨结下了异域情缘。

由于我写的文章有很多与爱情有关，都是一些朋友们生活中的故事，因此也特能感动人。有几个月我每天都能收到几十封来信，问文中的故事是不是真的，还说她们生活中也有类似的人和故事，最后她们希望与我交个朋友。这些女孩，除了写信之外，还想方设法弄到了我的QQ号码，以至于我一上线，就被她们团团围住，抽不出任何时间来做自己的事情。几个室友就经常笑我："军哥，你的艳福来了，这么多女孩要和你交朋友。"而我则不知如何是好。

最后我采纳了一个师弟的建议进行冷处理，信也不回，上线也隐身。时间一长，信件果真慢慢少了。然而有一个女孩却始终不渝地来信，不管我回不回复。在QQ留言中，她不断地重复："不管你愿不愿意，我已经铁了心交你这位朋友，透过字里行间，我感觉你就是我要在茫茫人海中苦苦寻觅的知音，所以不管你如何待我，我都不会放弃的！"

与其他女孩温柔的笔风不同，这个女孩第一封信的语气就显得异常霸道。

女孩叫苏谷雨，是重庆大学中文系大二的一名学生。得知她将与我同时毕业，我对这个女孩突然产生了浓厚的兴趣。每一次来信，我都以最快的速度给她回信，诉说在QQ和电话里未能详尽的内容。渐渐地，不知是距离产生了美感，还是别的，我对谷雨有一种强烈的渴望，想彻底地走进她的生活。她在信中和电话里所表现出的那颗真挚的心正在迅速地向我靠近，虽然言语中还有种淡淡的忧愁，但那是一颗为思念而愁的心。我觉得这是上天对我的恩赐，人海茫茫中，若不是缘深我又怎能与痴情的谷雨相遇相知呢？看着谷雨在视频里哭得一脸泪水，我的鼻子也有些发酸。我决定去重庆找她，因为视频的对视早已不能抚慰彼此的思念和澎湃的激情。

见到她时，我们彼此都对视了好久，面前的女孩比在视频里更加美丽、端庄，大大的眼睛里深藏着的那一抹忧愁立刻被眼前的喜悦冲淡了。

谷雨扑上来拥着我："军，这是真的吗？我简直不敢相信自己的眼睛，这是真的吗，这真的是你吗？"

"是的，雨！我就站在你面前，一个真实得不能再真实的军。"

那一个下午，我们在茶馆里一直泡着。晚上时她为我在旅馆找了个房间，但她拒绝九点以后继续陪我。

"对不起，军，在双方父母没同意之前，我是不会和你住一起的，请你原谅。"见她如此的坚决，我也不再勉强。

我在重庆待了三天，临别时谷雨送我一首诗：

读你，
就像读一本长篇小说，
刚翻过序言，
便爱不释手；
想你，
像刚轻轻喊出你的名字，

便醉倒在思念的海中。

她的双眼充盈着离别的泪水，我强忍着泪，轻轻吻去她满脸的泪痕。

之后，我有半年没去重庆找她。虽然每天电话不断，也相约周末在视频上见面，但看同学们在晚饭后成双人对，我怀疑自己坚守的这份爱情是不是只是一场虚幻的梦。

一想起谷雨不愿在九点以后陪我，心中便不由失意起来，以后在信和电话里我就多了一份忧愁，谷雨也渐渐感觉到了。

去年的十月下旬，重庆一家杂志选用了我的一篇散文，写的是我和一个本科师妹的感情误会。在我刚刚收到样刊的那晚，害怕这半年的坚持最终会像肥皂泡一般悄然破灭。当我想起她送我的那首小诗时，我又猛然意识到自己的自私，不禁冒出了一身冷汗。

谷雨对我是真的用情，而我的那些狭隘的思想又是多么荒唐啊！谷雨的一颗心时时刻刻牵挂着我，而我却伤了她的心，伤了自己的心。

两天后，谷雨突然出现在我的面前，一脸的憔悴，疲削的脸上还挂着泪痕。她说她昨天回了趟家，跟父母说了我们的事情，家里人并不反对，只是他们想见我，谈点将来的事情。她回来时在好朋友买的一份杂志上看到了我的文章，觉得心里不踏实，便过来看看，就算要分，也要当着面说清楚。

听到这些话，我眼眶发热，热泪喷涌而出："谷雨你为我付出的太多了。"

那几天，我陪谷雨逛遍了南充的大小景点。我陪她到北湖划船，到清泉寺许愿，到西山登高，她的心情渐渐好了起来，美丽的大眼睛里已不见了那浓浓的忧愁，眼前的世界是一片明朗，天空万里无云。

今年暑假，我把她带回了湖南老家。我牵着她的小手，在美丽的南岳上过了自己 26 岁的生日。当蜡烛吹灭时，我们一起闭眼许下美好的愿望。我们深情相吻，我在她耳边说："雨，不管何种理由，等你的生日那天，我若不能飞到你的身边，亲自为你献上一束火红的玫瑰，我就……"谷雨忙用手堵我的嘴，不让我诅咒自己。

那一刻，我觉得自己是天底下最幸福的男人，而雨就是苍天赐予我的新娘。要不远隔百里，我们又怎么能相知相爱呢？我应该珍惜这来之不易的缘分，让我们的感情玫瑰在未来永远地绽放。雨，在今后的日子里，我会用全部的身心来爱你！

一条鱼的狂奔

> 每一条鱼都是一个故事，
> 可有的故事在白天绽放，
> 有的只会在黑夜里结果。

俊美认识吴天是在一次联谊活动上。俊美在一所师范院校读外语系，学校里男生很少，为了寻找自己的白马王子，她与寝室的同学约好，周末去附近的一所理科学校玩。

到了学校，她们却在里面"迷"了路。这时，一个穿着牛仔裤、戴眼镜的小伙子捧着一本书走了过来。"就是他了。"她的同学推了她一把。俊美大大方方地走上去搭讪，问出校的路在哪里，男孩带着她们又转了一圈，还爽快地请她们吃了顿午饭，分别的时候双方互留了电话号码。

刚回到寝室，男孩就打来了电话，说下个周末他们寝室想邀请她们搞个联谊活动。俊美本不想答应的，但看着周围一双双渴望的眼睛，一咬牙，就答应了。

那是个美丽的下午，十二个年轻人坐在一起吃火锅，俊美的对面坐着吴天，白白的，是她所喜欢的类型。两人目光相对时，俊美如同触电一般。吃完饭，大家一起去唱歌，吴天就坐在她旁边。

经过一番交谈，俊美得知吴天家里是做房地产生意的，比较有钱，但这对俊美并没有多大的诱惑力，她也不想为了钱而委屈自己。聊了一会儿，俊美说："我不喜欢这里嘈杂的气氛。"吴天站起来说："那我带你去个好地方。"

两个人来到了一个大厅里，俊美发现这里到处都是水晶鱼缸，里面有各种各样的鱼。

俊美说："每一条鱼都是一个故事，可有的故事在白天绽放，有的只会在黑夜里结果。"

"那么黑夜呢？黑夜对你意味着什么？"吴天侧过头来问。

俊美说："黑夜是我的天使，我只是一条活在深夜里的鱼。"

那天以后，两个人彻底住进了彼此的心里。俊美每天都会给吴天发信息，但是谁也没有捅破那层纸。其实俊美一直都在等吴天，而吴天呢，却是一个性格内向的男孩。有一次，她告诉吴天隔壁班有个男生追求自己，吴天居然无动于衷，她想也许是自己太自作多情了，于是信息也就发得少了。俊美心想，自己是配不上吴天的，吴天家里那么有钱，而自己的父母是山村里的农民，何况自己长得也不好看，想到这些，俊美就绝望了。

有一次，吴天约她周末去玉屏公园玩，说实话，俊美一直想去那里，但她却拒绝了。吴天没问她原因，只是说早上 8 点他会在春花大酒店等着。晚上，吴天再次发信息过来，吴天说如果她不来，他会一直等下去。

俊美本是躺在床上，很舒坦的。忽然心脏被一种声音敲打着，一股激情迅速蔓延开来，燃烧着她的四肢百骸。

第二天，俊美很早起了床，上了到春花大酒店的车。下车的时候，俊美一眼就瞟见了对面西装笔挺的吴天，他正在向她招手，俊美也挥手示意。吴天迅速地朝这边奔来。"天！"俊美惊呆了，街上那么多人，他怎么可以直冲过来呢，她在大喊："吴天，旁边有车！"可吴天没有听到，当他意识到的时候，一辆车已重重地撞上了他，吴天整个人便飞起来，落在两米外的地方，一束鲜花在半空中散落开来，化作满地的嫣红。

俊美顿时傻了，好几秒，她的脑子里是一片空白，等她回过神来，肇事车早跑了。俊美跑过去，抱起嘴里满是血的吴天，不停地哭着，替他擦去不断流出来的鲜血。吴天看着俊美的脸，笑得有些吃力："没事，死不了，算命的说我命长着呢。"俊美哭着说："都伤成这样了，你还有心情开玩笑。"

几个好心的路人也围了过来，抬着他去了医院。俊美从他的口袋里摸出手机，拨通了他家里的号码。

经过一天一夜的抢救，吴天总算脱离了生命危险，不过医生说他的头部受了剧烈的碰撞，失忆的可能性是百分之九十。俊美神情呆滞地问："能不能记起以前的事？"医生摇摇头叹了口气。

吴天昏迷的那几天，俊美向学校请了几天假，专程陪护他。同学们都不理解，寝室同学也劝她何必去守护一个失忆的人呢，这世界上好男人多的是。她笑着说："我会去等他想起我。"俊美买了很多吴天喜欢吃的水果，只是，他们真的还会有将么？一段才开始的恋情，难道注定就这么夭折了吗？俊美真的不甘心。

一周后，俊美刚从医生那回来，就听见病房里传来吴天母亲的惊叫声："孩子，你醒了啊，谢天谢地！"俊美听了，加快了脚步，可到了门口，又停了，她觉得自己的心如在风中，微微地颤抖着，一半是浓浓的喜悦，一半则是担心。

俊美走进去的时候，吴天就看着她。"孩子，你还记得她吗？"母亲问。俊美立刻紧张起来，不敢去对视。吴天仔细凝视了片刻，摇了摇头："妈妈，我不认识，她和我有关系吗？"俊美一下就呆了，血往上涌，眼泪汪汪。吴天的母亲叹了口气说："他不记得你了，我想需要一段时间，他会慢慢恢复记忆的，孩子你可以再等等吗？我知道你们的故事，我也希望你们的爱情能开花结果。"她说着，递给俊美一本日记。

俊美仔细翻了翻，这本日记才写了三十多页，可每页都写着她的名字，她在里面有个美丽的英文名字——Cocle。俊美强忍着内心的翻江倒海，把日记还了回去，说："学校还有事，我得提前走了。"俊美出门的时候，听见吴天一遍遍地问妈妈："这个女孩我真的认识吗？可是我为什么没有印象呢？"

俊美是哭着跑回寝室的，头一次，她哭成了泪人。寝室里的同学安慰她，他们的爱情才开始，还没到刻骨铭心的地步，不记得她也是情理之中的事。既然他都不记得了，就没有坚持下去的必要了。

俊美趴在床头想，如果吴天没有失忆，他们是否就会有将来？答案是不言而喻的，可问题是，现实中没有假设。

接连几天，俊美都没有去看望吴天，她也想试着忘记他。寝室的同学要帮她改头换面，在同学的劝说下，她买了几套最流行的衣服，又把头发烫了，穿起了裙子和长靴，她再也不是原来的那个不起眼的姑娘了。她的身边迅速聚拢了一批追求者，但她一再拒绝着。

半个月后，吴天突然打来了电话，说想见她一面。俊美的心缩成了一团，没说话。吴天继续追问："你到底在哪里，见一面就那么困难吗？如果你觉得不方便，我就来看你。"俊美迅速挂了电话，她的心乱成一团。吴天的信息一条接着一条发过来，俊美心软了，和他约定在春花大酒店前见面，她想这是最后一次尝试了。

俊美依旧很早就上了去春花大酒店的车，下车时，吴天已经在那里等她了，手里捧着一束鲜花，俊美接了花，期待地问："你还记得这个地方吗？"吴天点点头："我就是在这里出的车祸。"俊美的脸上充满了惊喜："你记起来了吗？"可吴天只是叹了口气，摇摇头说："是妈妈告诉我的，老实说我总觉得你很熟悉，在哪里见过，可是我又记不起来。"顿了顿，他看着俊美失望的脸："妈妈说如果没出车祸，我们本来能成为一对。当然，如果你想做我女朋友，我没意见。"说着便去牵俊美的手。

吴天的手是冰冷的，俊美憎恶地甩开，她一字一字地说："我知道你家里很有钱，可我并不在乎，我不需要施舍。"说着她头也不回地走了，每走一步，她的心就冷一步，她想，怎么会这样呢？他眼里曾经的那些激情跑哪里去了？

时间轻轻一翻就是两年。俊美毕业后去了广州一家外企做翻译，在和其他公司业务往来时，俊美也认识了很多年轻的商界精英。有个外资企业在亚洲的总负责人就对她很爱慕，隔三岔五地来找她，请她吃最好的冷锅鱼。他经常指着大海说："我的爱情就像这海，自由而舒展。"可俊美说，她的爱情不是在大海里，她只是条游在小溪里的鱼，大海对她来说，只是个遥不可及的梦。

也不知吴天用了什么方法，居然找到了俊美的联系方式。

那一次，俊美和外商谈判回来，在小区的门口看见了一个熟悉的人影。

"我早就在这里等你了，我可以邀请你去喝杯咖啡吗？"俊美说不用了，可看到吴天那双期待的眼睛，她的心就软了："那我们就走走吧。"

吴天告诉俊美这两年他一直在找她，直到前不久从她一个同学那里才得到了她的联系方式，他说一年前就来广州办了家公司，如果可以，想聘请俊美去做总经理助理，工资可以付她现有的双倍。

"不用了。"俊美冷冷地拒绝，"我现在很好，不想改变这种生活方式。我累了，先回去睡觉了，有什么事以后再说。"俊美原以为他会提以前的事，但他没有提，她彻底失望了，觉得心疼。

吴天不知道，俊美第二天就辞了职，辗转来到了上海。她换了新的号码，也有了新的工作。她的一个同事，虽然长得不是很帅，也没多少钱，但很疼她，俊美满足了，她确实需要有个温暖的胸膛来依靠，所以就结婚了。

结婚后的一天，她一时心血来潮，换上广州的那张卡，发现里面全是吴天发来的信息，整整一百条，时间跨度半年。原来吴天早记起她了，信息的开头全是 dear Cocle，他说一直没有谈恋爱，为的就是等她："Cocle，你知道吗？我日日夜夜都在思念你，那夜我本来想告诉你实情的，可我怕说出口，你又不相信，我希望能用时间来证明我对你的爱，可是 Cocle，你在哪里，我总找也找不到你了，你能回到我的身边吗？你还能给我一个机会吗？"

　　俊美哭了，她想自己再一次错过了爱情。她轻轻叹了口气，取出卡，扔在了垃圾篓里。而她的爱情，就像那条深夜里的鱼，错过了白昼，错过了阳光，再也不会有激情了。

烟雨江南

冷少群前脚一走，
言小美的心就乱了。
是相思，无穷无尽的相思，像蚕丝一样根根扯着她的心，
她想做冷少群的影子，一生一世。

言小美是遇到冷少群才变得言语失常的，说话细声细语，甚至娇声娇气。之前，言小美是一个很内向很腼腆的小姑娘，在美女如云的影视公司，她只是一个毫不起眼的小角色，每天所做的工作，只是扫扫地，倒倒茶水。

其实，言小美的梦想是做一名明星，赚足了钱，然后在海边买间很大的别墅，再把苦了一辈子的父母接过来，这就是她的奋斗目标。言小美一直认为她的梦想很简单，可是在残酷的现实里，一切都那么苍白无力。

直到有一天，黯然离开的罗雨菲告诉她："你想成名啊，和老总睡睡觉就行了！"罗雨菲是言小美在这个公司里最贴心的朋友，和她一样，都是来自农村，都有着相同的明星梦。不同的是，罗雨菲

有着一副能迷倒众生的身材。所以，来公司的第一天，老总就亲自开着宝马车来接她。

那段时间，言小美经常看见两人亲密地进进出出，后来罗雨菲就拍戏了，还是演主角。庆功宴那天晚上，言小美突然看到罗雨菲衣衫不整地从老总的房间里跑出来，接着罗雨菲不知何故离开了公司。

罗雨菲离开后，不久就结婚了，听说是嫁给了一个富二代。

半年后，言小美突然接到罗雨菲的电话："快出来吧，给你介绍一个导演。"

在酒吧里，罗雨菲指着一个高高瘦瘦的男子说："这就是冷少群导演，我跟他说过你的情况，他对你很感兴趣。"

冷少群走过来握住言小美的手，言小美的脸就红了，长这么大，她还从没被异性握过手。

冷少群邀请言小美跳舞，他的舞姿充满节奏和力度，言小美就被那么柔软地握着。灯暗的时候，冷少群伏在她耳边说："只要你听话，我保证你很快就能走红。"

"真的？"言小美的整颗心都跟着颤抖起来。

"真的。"

接着，一股酥麻感从耳际传了过来，像海浪一样，迅速淹没了全身。

那个晚上，他们还一起到江边散步。冷少群的手不时触碰着言小美的腰肢，言小美的脸红得像秋天里的苹果，明亮的路灯下，冷少群看呆了。

"你爱过没有？"冷少群问。

言小美怔了怔，她很想告诉冷少群，其实她大学时也爱过，当然只是暗恋，等她想表白的时候，对方已经和她的一个好友在一起了，也就深深地藏在心里了。嘴里却说："我长得很丑，哪有人看得起我？"

"小美，我喜欢你。"

言小美抬起头，一脸愕然。

一阵男人的气息扑过来，这让言小美感到一阵窒息。

"你身上有一种雪莲的味道，还有热情的红色，我第一眼就被吸引住了，这么多年来，我猛然发现你才是我要找的人。"言小美被这直白的言语击得手足无措，她不知道自己该不该相信冷少群的话，不过有一点肯定的是，至少有人对她表白了，她感觉自己这辈子没白活。

被冷少群拉入怀里的时候，言小美心里升起一个很大的疑问：冷少群为什么会喜欢自己呢？自己一点都不出众，而罗雨菲那么风情万种，艳丽多姿，他应该喜欢那种类型的女孩才对。

答案是冷少群在电话里告诉她的，他说："见惯了太多势力的女人，我还是喜欢纯情一点的，就像你。"

那天晚上，言小美失眠了，接下来几天，她好像是变了一个人，说话细声细气，甚至矫情，简直是太温柔了。

几天后，冷少群说要拍戏，去了另一个城市。言小美还在影视公司打杂，偶尔，罗雨菲也会把她叫出来聊聊。后来，言小美才知道，那是罗雨菲在给自己洗脑。冷少群经常会给她发信息，说着些暧昧的话，偶尔还信誓旦旦地保证，一定会让言小美成名。

言小美突然发现自己有些言语失常了，有的时候甚至前言不搭后语。怎么这样呢，因为她的心里只想着冷少群。

有一天，言小美突然做了个梦，梦见自己成了一名明星，千百双眼睛注视着自己，她的一举一动都引起众人的轰动。梦醒的时候，冷少群的短信就来了：宝贝，想我吗？言小美突然哭了，她想，就算前方是一张毒网，她也会毫不犹豫地跳下去。

冷少群说："想我，就辞职跟我来北京吧。"

言小美真的辞职去了北京，她一分钟也耽搁不下去了，她的心里已经开了两朵花，一朵叫爱情，一朵叫梦想。上火车前，她买了本《杜拉拉升职记》，细细看完，她忽然想，自己应该比杜拉拉幸福多了。至少，杜拉拉奋斗了好几年，而自己离明星仅有一步之遥。

　　到北京时正是早上，冷少群来接她，他带她直奔商场。换上时髦的外衣，望着镜子里的自己，言小美笑了，原来自己也能打扮得如此漂亮。

　　冷少群的公司在一个很偏僻的地方，五楼，楼道口到处都是杂物，很乱，很脏。如果不是特别留意，根本不会有人注意这里还有家影视公司。言小美突然有点后悔了，她不该来这里的，她当然也不知道，就在她来之前，罗雨菲还在这里逗留了好几天。

　　但显然，冷少群对她的到来早有准备。刚进屋，他就把她抱在怀里，说："今天，你就是上帝送给我的最好的礼物。"多么柔情的一句话，言小美红着脸不说话，原本锁紧的心却彻底放开了。她想，自己到底是爱他的，信任他的，要不然就不会千里迢迢地跑到北京来。

　　他吻她，深情地吻她，她尽力配合着。末了，她只问："你不会欺骗我吧？""怎么会？"他伏下身在她耳边说，很轻很轻。

　　最初的几天，冷少群到处带她游玩，他们的足迹遍布博物馆、广场、公园。他们手牵着手进进出出。那一刻，言小美觉得自己是天底下最幸福的女人了，尽管他从没说过他爱她，但那又有什么关系呢，只要她爱，他不辜负自己就好了。

　　再后来，冷少群带她出入一些上流圈子，介绍时说，她是他妹妹，想来北京演戏，大家就看着她，暧昧地笑。言小美始终低着头，不说话。有老板想动手脚时，她巧妙地躲开，说到底，她还是个清纯的姑娘。尽管冷少群找她谈了几次心，准确地说是叫洗脑，比如说什么潜规则，说什么女人应把握自己的青春。言小美不懂，也不打算懂，她只知道，冷少群教他做什么，她就会做什么。

来北京的第二周，冷少群说是有事，要去江南一趟，就让言小美给他守着公司。冷少群前脚一走，言小美的心就乱了。是相思，无穷无尽的相思，像蚕丝一样根根扯着她的心。有时，言小美甚至在想，一死了之就好，省得难受。

言小美几乎在北京待不住了，她想去江南，想做冷少群的影子，一生一世。她给他打电话，可是他很忙，短短几句话后就匆匆挂了电话。

冷少群走后的第三天，罗雨菲也来北京了，言小美去接她。望着眼前打扮性感的言小美，罗雨菲说："小美，你是在恋爱了吧，难怪变得这么漂亮。"

当然，她恋爱了，爱上了一个导演，爱得无怨无悔。

谈起冷少群，罗雨菲忽然叹口气，言小美的心突地变得紧张起来，她的手指都差点抠到罗雨菲的肉里去了。罗雨菲任由她抠着，意味深长地说："冷少群的公司周转出了点问题，你愿意帮他担当吗？"

"愿意。"两个字从她的嘴里蹦了出来,那速度连言小美自己也感到惊讶。

拿着罗雨菲给她的地址,言小美连夜坐高铁赶到了杭州。

是在酒店,冷少群的对面还坐着一个男人,50 岁左右。冷少群低声告诉她,这个人叫乔哥,是个房地产老板,也愿意借她钱,只是……言小美当然明白他的意思,她决定豁出去了,她怯生生地喊乔哥。乔哥说到我家去看看吧。她就真的去了。

第二天早上,言小美拿着两万块钱给冷少群。其实,她心里很委屈。可是,她不敢哭,怕他不高兴。可是才过了一天,冷少群问,可以再帮我吗?就只一句话,她再次屈服了。还是在酒店,还是一个老男人,她跟着那个老男人走的时候,冷少群正朝她微笑挥手,言小美的心突然被刀割了一般,她忽然不明白眼前的这个男人到底与自己有什么关系。

言小美突然决定回到北京去。冷少群也不留她,只是问,你不喜欢我?他从来没说过他喜欢她,却质问她为什么不喜欢他。她也就没说话。

上火车的时候。她买了包烟,拼命地抽着,眼泪也流下来了。她不知道,自己这样到底是为了什么?是为了梦想吗?可是辞职都三个月了,她连试镜的机会都没有得到。是为了爱吗?她和冷少群有爱情吗?只有利用,赤裸裸的占有和利用。

言小美回到北京后，并没有去冷少群所在的公司，而是在对面租了个房间，另外找了份工作。偶尔，她也会去公司看看，每次都会看到穿得花枝招展的女人去找冷少群。不过，她没兴趣，她在等冷少群回来。

谜底是在一周后揭晓的，罗雨菲跟着冷少群一起回来的，没有回公司，直接去的宾馆。直到此刻，言小美才知道，原来，罗雨菲所嫁的所谓富二代原来就是冷少群。他开的公司其实只是一个以帮助年轻女孩进入影视圈为诱饵，组织少女卖淫的机构。

言小美哭了，她不知道罗雨菲是不是这样被骗过去的，但她不怪谁，她只怪自己太傻了，真的太傻了。

她不能容忍再有这样的女孩子被骗了，于是，便把在门外录下的语音交给了警方。

之后，言小美去了深圳，认识了一名港商，只有38岁，未婚。她毫不犹豫地嫁给了她。再后来，她就去了香港，过上了阔太太的生活，穿着几万元一件的外套，戴着价值几十万的珠宝。偶尔，她也会去一下北京，到以前和冷少群去过的地方待一会儿，其实，她并不想冷少群，她所怀念的，只是那段爱的生活。

冷少群在狱中自杀的消息，是她在报纸上看到的。

她以为自己会大哭一场，可是那一刻，她只是把报纸狠狠地踩在地上，然后娇滴滴地对丈夫说："亲爱的，我去给你做晚饭。"

她说话依旧细声细语，甚至撒娇，遇到感动的事，依旧言语失常。这言语失常的习惯啊，她终于明白，并不是因为冷少群，只是为她，以及她年少的青春。

相濡以沫，不如相忘于江湖

我不再是以前的我，
你也不再是以前的你，
我们之间相隔的五年，
是一段永远无法跨越的鸿沟。

　　刚忙完新书签售会，我疲惫不堪地回到家里，洗了个热水澡后，打开电脑，进入加拿大华人社区论坛。刚打开，便看到有封站内信跳入眼帘，是一个叫 Anny 的男子，他说很喜欢我那些细腻柔软的文字，他好久都没有受到心灵的震撼了。接着他洋洋洒洒地跟我提了一大串意见，最后他说，他是我的老乡，都来自湖南益阳。也许是欣赏他对文字的不同见解或者因为老乡的关系，我头一次回了一个陌生人的信。很快他又回过来，我再回过去……

　　我们就这样通过网络交流，开始彼此接触和熟悉。Anny 说话风趣幽默，不管我多么郁闷，只要他知道，几分钟内就能把我逗得眉开眼笑。Anny 最喜欢旅游，他在海外留学的三年里，基本上已经把半个美洲跑遍了。当听说我最向往尼加拉瓜大瀑布时，他马上说："那我明年圣诞节在大瀑布旁的尼家酒店等你。"我微微一笑。虽然我们从没提到见面，但在内心里，我早把他当成自己生活里不可缺少的一部分。

母校要举行百年校庆，同学都接到了邀请函。一天，一个同学突然带了我的新书来找我："也不把详细地址告诉我，害我到处找。"

见我沉默不语，他又说："袁老师想见见你，住院的这几天，他连在梦里也念着你，我们实在看不下去了，就过来找你了，回去吧。再不去，也许永远都没机会了。"

我的心一抖，连忙问："他没事吧？"

他只说了两个字："晚期。"

我忽然觉得眼前发黑，身体一踉跄，几乎跌倒在书桌上。我没有多说话，匆匆收拾完，便跟同学一起去了机场。同学突然问起秋子硕的消息："听说他现在在加拿大的一所大学里教书，混得很不错，你没和他联系吗？他可是在到处找你呢。"

我的心微微一惊，却没说话，因为秋子硕是如此让我仇恨的一个人。

袁老师的病房在 5 楼，我们跑上去的时候，走廊里已经围了很多人。看到我出现，大家都兴奋地叫起来，却有一个人迅速地转过头去——秋子硕。我装作没看见他，风一般飘过他的身旁，我明显感觉到了他身体的颤抖。

我和秋子硕青梅竹马，从小学到高中，他都是我的跟屁虫，我到哪儿他就到哪儿。我说我要考北京某大学，那是我从小的梦，他说他要跟着我考，他不会让我孤单一人去北京的。16岁生日，他信誓旦旦地说："我已经是大人了，能履行自己的承诺了，相信我，我会让你成为世上最幸福的女人。"

高三，因为大病一场，他缺了一个月的课。我天天放学后去给他补课，有时他看我太累了，就劝我不要来了。我固执地坚持着，我不想他的人生留下遗憾。

最后一次摸底考试，我竟排在了班上二十多名，而他却跃到了班级第一。为此，班主任把我狠狠地批评了一顿。本来就为他补课弄得自己心力交瘁，再加上过大的心理压力，我病了。那个时候正是高考最紧张的时候，各科老师都在押题，秋子硕答应我，他一定把这一周多的上课笔记给我带过来，但他最终没有过来。我在无奈和失望中，走进了考场。

我发挥失常，最终以560分的总分仅仅排在学校第20名，他比我少一分。虽然考得不太如意，但我还是毫不犹豫地报考了北京那所学校。出乎意料的是，他如愿以偿地去了北京，而我却以一分之差名落孙山。后来我才知道，他的父母早替他打通了关系，他在最后一次模拟考试中，拿到了本校唯一一个保送生的名额。据说，那个保送生的名额本来是属于我的，但因为他家后台硬，通过袁老师，我的保送名额被抢走了。

同学又告诉我，任课老师猜中了很多题，仅仅历史一科，就押中了一道 15 分的综合题，而我答得并不理想。最让我痛恨的是，那个口口声声说爱我给我幸福的人，在最关键的时候却弃我而去。

因为第二志愿没填，在袁老师的帮助下，我才进了一所二本院校，但这并不能消除我对学校的怨愤，对袁老师的恨。

上大学后，秋子硕曾经来找过我，却被我用扫把赶走了。我想，我和秋子硕之间是彻底结束了。

袁老师在里面喊我的名字，很轻。同学们推推我，我犹豫了片刻，低着头走了进去。袁老师的头发基本上掉光了。人也瘦了一大圈。他指着床边，示意我坐下。

"还对那件事耿耿于怀吧？说实话，我也能理解，一分之差，换成谁都难以接受。只是谁都没有想……我知道你不想听，但你确实误会秋子硕了，他并没有你想象的那么坏，至少他父母帮他搞定保送生的事情，他压根就不知情。"

我静静地听着。

袁老师教了我六年，我曾经对他非常敬佩，可那件事的发生彻底改变了我对他的看法。

"我也有错，在重大问题上没能坚持住自己的原则，牺牲了本来属于你的利益。这些年每当想起这件事，我就感到很惭愧。"

我的心忽地一震。我没说话，默默地走了出去，想稳定一下自己的情绪。那两天，我的心一直都在纠结着。说实话，我并不是一个心胸狭窄的人，即使年少时恨过、怨过，经过这么多年的磨炼，也早已烟消云散了。现在回想起来，就算保送生的名额给了我，去了北京又能怎么样？能保证比现在的我幸福吗？我想不会，至少有一点，我一直对我现在的作家生活非常满意，或许在某种程度上，我还应该感谢他们。想到这，我立即给袁老师发了短信，我说我不再恨他了，真的。放下电话，我笑了。

出版社突然来电话，说让我过去一趟。因为催得很急，我只好打电话跟袁老师告辞。袁老师说："有一个人也和你一起走，你一定要等他。"半个小时后，忽然有人敲门。我一惊，是秋子硕。想不到，五年后我们居然会以这种方式交谈。

秋子硕背对着我，显得很激动："我知道你一直恨着我，我没有阻止父母抢走本来属于你的保送名额，也没有及时到医院给你上课笔记。大一时，我到你们学校，本来想给你解释，但你没有给我机会。我父母替我走关系的事我高考前一周才知道，他们深知我们的关系，一直瞒着，你也误会袁老师了，他在保送生问题上一直在为你据理力争。"

我诧异地抬起了头。

秋子硕继续说："那天，我本来是给你带资料的，却不想路上遇到车祸了，我被车撞了一下。到医院缝了几针，我本想挣扎着去找你，父母死活不肯，还把资料给撕了。高考的那一周，父母一直守着我，他们怕你跟我抢名额。这些年来，我对你一直心存内疚，我时常梦到你在梦中诅咒我。这几年来我吃没吃好，睡没睡好，如果上天还要惩罚我，那就来得再猛烈些吧。很多人都问我为什么不找女朋友，都整整五年了，不是没机会，而是没人能替代你在我心中的地位。原谅我吧，为了你自己，也为了我们……"

秋子硕缓缓地转过身子，而此时的我早已是泪水涟涟，他抱我入怀，我竟然没有反抗，内心彻底原谅了这个爱我又伤我的男人。

Anny 在社区里给我发了一封站内信，他说他考虑了很久，决定告诉我真相，他就是我恨了五年的秋子硕，并希望我不要介意他以这样的方式来接近我，他还说希望能在今年的圣诞节和我相约在尼加拉瓜大瀑布的那家尼家酒店。我给他回了一个微笑的表情，事实上在很久以前，我就怀疑他是秋子硕了。

2008 年圣诞节，我飞到了加拿大。秋子硕也遵守他的诺言，特意请假来陪我。依偎在秋子硕的怀抱中，我忽然想，难道爱情真的可以卷土重来吗？

　　我本以为我能融进他的生活，但事实上，我错了。他邀请我去他的学校，当看到很多学生投来的异样眼光，我感到无比尴尬，尽管他一次又一次地给别人解释，但那只能徒增我的难过。我开始想离开这里了，秋子硕试图挽留我，我们为此还争执了好几回。

　　"子硕，我知道你的好，但我们真的回不去了。"内心挣扎了良久，我终于说出了自己的心里话，"我不再是以前的我，你也不再是以前的你，我们之间相隔的五年，是一段永远无法跨越的鸿沟。我想得很清楚，我不适合你。"

　　"可是这几年，我心里装的一直是你呀。"

　　"你那不是爱，你一直都觉得你对不起我，所以你想赎罪。这样的感情，从一开始就是不对的。子硕，作为朋友，我希望你能找到真正属于你的幸福。"

　　我决定去我最好的朋友那里。登上火车，我看见秋子硕拼命地追赶着，忍不住泪水涌了出来。

　　我心里默念道："子硕，你知道吗？也许从此我和我们的爱情将相忘于江湖，但你要一直记得，曾经有一个女生为你活了八年，并且将会一直想念你，为你祈福，为你喝彩！"

有生之年，狭路相逢

在闪动的灯光下，
有那么一张白皙的面孔，
有那么一双清亮的眼睛，
长长的睫毛遮住那蒙蒙的眼神……

大四时，我遇到了娟子，我生命中的第一个女孩。

那是在圣诞节前夜，我记得那晚的月色特别柔和，学校大学生活动中心正举行狂欢舞会。绵绵不绝的欢笑声、嬉闹声，加上喧嚣的音乐声，高分贝地炸裂开来。那种圣诞节即将到来的欢乐，像烟花一般在每一张青春洋溢的脸庞上无尽地蔓延。

我静静地端坐在一个角落，遥看那些在舞池中快乐旋转着的少男少女们。今夜，是我23岁的生日，想不到竟会被朋友们拉到这里度过。我并不是个内向的男生，渴望着那个扎着两个小辫子的陌生女孩，会穿过厚厚的人墙向我伸过来一双温暖的小手。

我记不清这已是第几次拒绝女生们殷勤的邀请了，我就这么看着，远远地看着那张清纯的笑脸，甩来甩去的小辫子。我喜欢这样的意境：在闪动的灯光下，有那么一张白皙的面孔，有那么一双清亮的眼睛，长长的睫毛遮住那蒙蒙的眼神。我不由得想得入神了，也有点醉了。就在半醉半醒之中，我的心猛地一震，这双眼睛怎会如此熟悉，俨然就在昨天的梦里见过。这么一想，眼光就情不自禁地瞟过去，看到那个陌生女孩正和一个活力四射的男生熟练地旋转在一起，心里竟隐隐有一种莫名的伤感扩散开来。

也不知过了多久，也不知拒绝了多少双渴望的手，那个陌生女孩仍然被一群男生女生簇拥着，俨然公主一般。恍然如梦间，旋律突变，柔和的萨克斯音乐响起，有的学生还在卖力地扭动着青春的情感，有的则已在靠墙的座位上坐了下来。我忙从角落里弹起，如箭般冲进了舞池的中央。

在半明半暗的灯光下，我努力地搜寻着前进的方向，慌乱中一回眸，我看见对面的座位上有一道明亮的目光射过来。是她，正对我展现着甜甜的微笑。我忽然间有种手足无措的感觉，但还是硬着头皮走过去，然后大大方方地坐下。

这是让人心跳的时刻，我已不晓得我的手要放在哪里才好。她看着我，眼里写满了柔情："我们在哪见过吧？"我没回答，也不知道该如何回答，我只是望着她，使劲地点头。然而就那么几个对视之间，就注定了一段浪漫相恋的开始。后来我告诉她我当时的感受，她笑着说："你呀，笨得就像只小绵羊，不过是可爱的小绵羊哦。"那时我心里就在想，不知其他的男生第一次遇上令自己心动的女生，会不会也像我一样地紧张呢。

当第二天朝阳刚刚升起的时候，她便潇洒地打了个电话过来，说她就在楼下等我，还为我带来了丰盛的早餐。当我跑下来时，她脸红通通的，显然是刚过来不久，那一刻，我真的感动极了。她说她早就知道生命里会遇到我，说的时候露出一口洁白的牙齿，我忽然发现她美丽得有点遥远而不真实。

这个女孩就是娟子，来自北京。那时她已顺利通过托福考试，准备隔年七月份就到美国加州大学去深造。

她是学校外语系学生会的副主席，能流利地讲三种不同的外语。她也特别喜欢吃湖南的辣椒，她不怕辣的程度连许多地道的湖南人也自愧不如。她知道我喜欢书，常常会为了一本我喜欢的书而跑遍全城的书店。

每个星期天，我们都会相约去嘉陵江玩。或者烧烤，或者是钓钓鱼，又或者是租一只小船，从上游一直往下漂。我们站在船里，体会着被水包围的感觉，那种痛快是没法说的。

这样的日子，总把她揽在自己的怀抱，让她轻轻融入我的世界，总喜欢背着她走在荒野小径里，喜欢她用悦耳的声音低吟李亚伟的诗：

她用一片树叶把你粘住
藤子就越想越长
……

　　相恋半年多，我们没有红过一次脸，吵过一次架，我们一直是朋友心目中的模范情侣。

　　这样的相恋，我有时会想，会不会太过于浪漫而显得有些缥缈，我不知道。

　　转眼，毕业在即。仍是在嘉陵江畔，我们相拥着坐在一起。我轻轻托起她的头，她的眼里有如蓝天般晴朗，四目交织，很久很久。然后我慢慢合上双眼，把她的手指放在我的唇上一根根地搓摩着，我嘶哑着声音说："是不是，要走了？""嗯！"

　　我的心猛地一痛，刻骨铭心的悲伤立刻压得我几乎喘不过气来，我知道我们是真心相爱的，我也知道爱情的蝴蝶从来就不是自由的，一旦从内心里脱蛹而出，承受的就不是贴心贴肺的呵护，而是尘世间无情的风雨，而我们注定就是这样劳燕分飞的蝴蝶。

　　我把她紧紧地抱在怀里，闭上眼睛，静静地倾听她的呼吸声。我又紧紧地抓着她的手，感觉到她的手在颤抖，豆大的泪珠正从她的脸上落到手背上。

　　那一刻，我的心碎了。

　　我真想拉住她的手臂，对她说上一千次、一万次"我爱你，我好想好想跟你走"，只是我没说出口，我知道，那没用。我只是紧紧地，紧紧地攥着她冰凉的手。

　　"想你的时候，我就折一只千纸鹤。"她离去的时候这么说，然后她就走了，无望地走了。

　　一个月后，我收到了从美国寄来的一封信和一千只千纸鹤，当我看到这些，我流下了眼泪，我知道这是爱情的眼泪，相思的眼泪……

一场西雅图的裸奔

这么完美的爱情能坚守到底吗？
莫小情总觉得柳玉才太完美了，
但并不是上天赐给她的。

莫小情是在校庆典礼上认识柳玉才的，那么俊的小伙，莫小情的眼球一下就被吸引住了。时髦打扮，再加上醉人的微笑，让柳玉才顷刻之间成为所有女性的焦点。他是她的师兄，高她六届，这次校庆回来，出手就是 10 万，的确不是一般人所能做到的。

听说他的身边不乏女人。莫小情听见几个女人叽叽呱呱地讨论着，不屑地一笑，托起酒杯，走到他的身边，但没有搭讪。聪明的女人，从来不会主动去碰自己的猎物。她浅笑，优雅地斜坐着，目光若即若离地跟着男人转，而男人左顾右盼的眼光也多次瞟过来，莫小情就会意地频频举杯。她知道男人想要什么，她在等待。

是他主动过来搭讪的。他绅士般地点头，坐下："不介意聊聊吧？"她没说话，只是低头饮酒。其实，她算准了他的到来，甚至想好了一千种对策来应对可能出现的状况。她的眼光若即若离，即使不小心粘上，也迅速跳开，一丝红晕浮上脸颊，他看得如痴如醉。她低声说："我叫情。"他轻轻重复了两遍，和她碰了一杯。

他的资料早就传开了，海归博士，拥有两家公司，还是未婚。应该说，她是个非常虔诚的倾听者，尽管她对他一清二楚。她想，如果能攀上这样的豪门贵族，那真是赚够本了。

今天的校庆晚会，吸引了众多的女生参加。传说，有大款公然要在晚会上征婚，这绝对是个不错的主意，莫小情笑了。

他帮她倒酒，手指滑过来，她的手一阵颤抖，他的目光如火。

莫小情知道，他把自己当成猎物了，不过谁是谁的猎物还说不定，她在心里偷笑，一张脸低垂。

手如柔荑，肤如凝脂，却又回眸一笑百媚生，我柳玉才今天真是三生有幸了。

"你真漂亮。"

"我哪有这么好。"

"可我心里就是这么想的。"

莫小情的脸垂得更深了，一双手无助地摆弄着。柳玉才干脆坐到她身边，低头闻她淡淡的发香。

是百合的香味，他深深地吸口气。

这么一来二去，莫小情就和柳玉才好上了。晚会结束的时候，柳玉才轻揽着她的腰，送她出去，看着众女生妒忌的眼神，她满意地笑了。

接下来，莫小情想，自己一定要先发制人。

刚离开半个小时，莫小情及时给柳玉才发了一条空白短信。柳玉才马上回了一条，几近暧昧。莫小情笑了笑，没回，继续躺在沙发上看杂志。结果没过十分钟，柳玉才的电话就来了。莫小情笑了，懒洋洋地接过手机。

"谁？"

"听不出我的声音了吗？我们今天下午还在一起的。"

"柳玉才。"莫小情轻轻地喊他的名字，笑了，"我还以为你忘了我，找我有事吗？"

"没事，我得睡觉了。"说完，她就挂了。

忽然后悔起来，要是他生气了，自己的"擒狼"计划岂不是落空了？莫小情看了看手机，想回拨，但理性告诉她不能拨，只能忍着。

睡得迷迷糊糊，电话又来了。

"还是我，我找你有事，我想你了，我睡不着。"

"那你过来吧。"话刚出口，莫小情的脸红了，赶紧补充，"你别想歪了，我的意思是，我们只是随便聊聊。"

"我知道。"他笑了，等了一会儿，他突然打电话来："我看还是算了，我怕我忍不住。"

挂了电话，莫小情却忽然觉得有点失落。

同学们都在忙着找工作，莫小情却还是悠闲地看自己的书。她不急。她正在超市逛的时候，柳玉才的电话来了："想你了，老地方见。"

见面后，柳玉才自然地拉起了莫小情的手，尽管一脸通红，但这次她没挣扎。莫小情成为柳玉才女友的消息，不胫而走。

"我们交往吧。"这是昨天临别时，柳玉才说的，看着莫小情一张涨红的脸，柳玉才只好讪讪地笑，"只止于精神，止于精神。"

"你想歪了吧。"莫小情低笑，"我并没有说什么。"

"其实，我是想，是想……"柳玉才觉得有些羞于出口。

"想和我吃饭，唱歌？"莫小情斜眼看他。

柳玉才突然紧紧抱住她，莫小情甚至可以感觉得到他的呼吸，混浊而沉重。

"其实，我想和你，一起裸奔。"

莫小情想笑，唇却被柳玉才紧紧压住。

莫小情想，这么黑的晚上他会不会对我起什么歹念啊。有点怕，却又充满了期待。但很快，他放开了她。

之后的每天早上，柳玉才会准时来接她，然后带她到全粥店吃早餐，一餐 200 元。莫小情最喜欢他坐在凳子上抽烟的姿势。

柳玉才说，他很久没有这么尽兴了，他又说，昨天他都忙到通宵，明天有两个会要开。莫小情笑了笑，给他倒了杯茶，说："还好，你现在是属于我。"说完，突然意识到不妥，脸红了。

其实，柳玉才对她挺好的，莫小情有什么需要，他总会无条件答应，他也从来不迟到。他每天都有一套时尚得体的打扮，跑车代步，名贵配饰。莫小情忽然觉得很自卑，她的皮箱里居然找不出一件像样的首饰来搭配自己，每次都只好去借，没完没了。而这些，她都不敢告诉他，怕被看不起。

每天晚上，莫小情都会给他打电话，说着过去的故事，开始他感兴趣，久了，就厌了。是啊，谁喜欢翻来覆去听些重复的话呢？那接下来说什么呢？说音乐，说生意，说各自擅长的领域，说到动情处，柳玉才就嚷："亲爱的，我爱死你了，早认识你几年多好，我就不会单身这么久了。"

最肉麻的，恐怕就在这里了。

有时，莫小情就在想，谈什么鬼恋爱，一个人多好。她开始后悔，不该听那些室友们的话，一个脸皮薄的人，偏偏硬要去装成熟……

莫小情真的觉得累了，爱本来就不是一件容易的事，再这样下去，她一定身心疲倦。然而，他的电话不断，莫小情想拒绝，但又怕伤他的心。

是的，柳玉才的确很优秀，年轻有为，可再怎么优秀，也只是他一个人的优秀，与她和她的爱情何干？

室友都说她傻，有这样好的金龟婿，要放弃，真是糊涂到家了。室友又给她支招，赶紧把他搞定，把他牢牢地控制在自己手里，别让煮熟的鸭子飞了。

莫小情犹豫了，内心开始挣扎，她不是一个轻浮的人，以前的那一切只是在室友唆使下才那么出格。无奈，她只好又向室友请招：他渴望的只是纯精神的恋爱，我该怎么办？

现在还有这种想法？不过也是，要是找女人，那遍地都是。有钱人的想法就是怪，室友也没辙了。

莫小情睡不着，打电话，柳玉才说："要不，我过来陪你，真想……"

"想什么？"莫小情忽然觉得身体一阵火热。

"真想过来抱着你睡，我是不是很贪婪？"

莫小情没说话，她很想说好，但又清楚自己并不是那种轻浮的人。

这哪里是在谈恋爱，分明是在受罪。莫小情忍不住开始抱怨，但抱怨归抱怨，路还是要走下去的。

又一个月过去了，虽然聊天数次，但话题很少切入两人的感情，还是以前的老样子，吃饭，牵手，逛公园。拍拖这么久，连接吻的次数都是屈指可数的。

柳玉才的脾气很好，她怎么耍性子，他都不生气，可是这么完美的爱情能坚守到底吗？莫小情总觉得柳玉才太完美了，但并不是上天赐给她的。

最后，莫小情索性关机了，她的一份兼职也到期了，结了工资回来，听说柳玉才满世界找她，莫小情兴奋地笑了。

柳玉才再找她，她干脆说没空，也不叫他来接自己了。莫小情想，就这么完结了吧，虽然这是自己的第一段爱恋。莫小情拿出了自己的推荐书。今天下午有个大型招聘会，准备去试试，随便找个单位签了，再找个男人嫁了，也比这样活受罪好。

可偏偏这个时候他来电话了，她的心一下子就活跃起来。

"亲爱的，我们裸奔去吧。"

"裸奔？"

"裸奔！"

"去哪里？"

"西雅图。"

莫小情忽然心动了。也许，他已懂爱了。

她期待着。

室友开始给她张罗着，从衣服到内裤。

"你一定要想方设法诱惑他、挑逗他，让他乖乖成为你的裙下之臣。"

莫小情笑了，真不知那个不食人间烟火的男人解不解风情。

"这哪里是西雅图？"下了车，莫小情一个劲地抱怨。

柳玉才笑道："这是我们几个要好的同学常来的地方，我们都叫它西雅图。宝贝。"

"就我们两个？"

"嗯。"

想到晚上，莫小情忽然脸红了，心也跳得厉害。

能不心跳吗？和自己的白马王子……想到这，心都酥了。

牵着手，柳玉才和她亲密地走到外面。

"这个地方好，正适合……"

"裸奔。"她在心里念，但没说出来，怕羞。

吃了饭，柳玉才叫她去洗澡，她坐在浴室里，心中一阵窃喜，她终于还是等到了。

但是她很快就失望了，他对她并没有任何非分之举，就是看，也隔得远远的。

自然，莫小情也非常失望。

他照样和她聊着一些可有可无的话题，她垂着头，心里却恨不得马上走人。

柳玉才关心地问："是不是不舒服啊？不舒服，就去看医生，我就只有你这么一个宝贝。"

莫小情侧过头，忽然觉得恶心。

这也算爱情？她莫小情并不是什么不食人间烟火的神仙。他又说，眼前的这一切都是他的，可是这又与她有什么关系呢？

莫小情侧过头，突然大声喊："柳玉才！"

柳玉才笑眯眯地说："亲爱的，你今天真性感。晚上让我好好欣赏一下，饱饱眼福。"

坚持到 11 点，莫小情终于坚持不住了，去睡觉。她躺下，柳玉才却突然扑上来，她以为会发生点什么，期待地闭上眼，但结果他只是蜻蜓点水地吻吻她。

"你不睡这儿？"说完，她脸红得一塌糊涂。

"这么迷人的尤物，我怎么敢去玷污呢？"他想了想，说，"我怕我把持不住，我还是睡沙发吧。晚安，宝贝。"

柳玉才离开的时候，莫小情落泪了。她不知道自己为什么会这样。是啊，什么都没发生，可是她为什么会那么绝望，伤心呢？难道自己真是那么轻浮的女人？

莫小情是趁着柳玉才睡熟的时候走的。关了门，她狠狠把他送她的手链摔在地上："柳玉才，你去死吧。"

　　回到寝室，已经很晚了，大家都惊讶于她的表现，莫小情终于哭着嚷：这哪里是裸奔嘛，不过是穿着浴巾在房间走了两圈……

　　仅此而已。

谁能与我同居

正如另一个城市的我一样，

我们是同一路人，

我想也只有我才能成为你最佳的合租者，

因为我们有着一样的目标。

那是一段阳光明媚的日子。

他决定考研了，因为女孩在信里告诉他，只要他考上了，她便应了他的要求。

为了备考，他决定从单位拥挤的小宿舍里搬出去住。他找了一套房子，但昂贵的租金让他有些犹豫了。于是，他给这座城市的每个朋友打了电话，结果让他非常失望，没有一个朋友"愿意陪他住"。

他有些急了，坐在桌子上翻来覆去地看报纸。突然他想何不在报纸上登一则广告，或许能找到合租的伙伴。

那一天的晚报，在中缝里出现了这样一则启事：

龙先生，单身青年，欲考研，为减轻生活上的负担，寻一异性伙伴合租，费用 AA 制，有意者请拨打电话 5201314，无诚意者，勿扰。

报纸才登出来几个小时，他的电话响了，是一个女生的甜美声音："是龙先生吗？我愿意与你合租，不过我刚到这座城市打工，工作还没找到，你能否负责我的一半费用？"

"对不起，我和你一样穷。"他温和地说。

电话那头没声音了。

过了一会儿，电话又响了："龙先生，是你吗？很高兴能与你同居，不过，你能保证我的人身安全吗？孤男寡女共处一室你能保证不出问题吗？"

"对不起，我只想找一个人合租。"他平静地回答。

电话接着一个又一个：

"龙先生，我能与你同居，不过，你一晚能开价多少？"这是一个娇滴滴的声音。

"我不是找人同居，是合租。"他不耐烦地说。

"龙先生，陪你住有什么好处，有小费吗，一天有多少？"

"龙先生，吃饭也 AA 制吗？"

"龙先生，同租可以，你能不能帮我整理家务呢？我很忙的。"

"龙先生，我可以和你合租，不过，做饭洗衣这些小事你能否包了？"

"龙先生，你结婚了吗？"

"龙先生，你长相如何？"

"龙先生，你为何只找异性呢，这其中是否另有隐情？"

"龙先生……"

龙昭德想，这些女人都怎么了，明明写的一切费用ＡＡ制，偏偏还问些莫名其妙的问题。

再来电话，他抄起就说："我叫龙昭德，今年26岁，未婚，身高一米六，相貌平平，只想找个人合租，并无非分之想，费用一律采取ＡＡ制。"

电话一直响到晚上十点，内容无非是ＡＡ制能否变相地打折或者合租者为什么只能是女性而不能是男性。后来，他干脆不接电话了，任它响个不停，直接走到阳台上乘凉去了。

第二天，第三天，他的电话仍然响个不停，内容也大同小异。晚上九点的时候，有一个成熟的声音在电话里响起："龙先生吗？我想与你合租。不过，我年龄大了一些，还有一个八岁的小孩。我的丈夫刚去世了，我很想找一个能照顾我们母女两人的男子汉，如果您愿意，费用我都包了，另外，我还可以给你20万的小费。"

他听得傻了，半晌才一字一顿地说："我只是想找个合租者，并不想找个小孩来照顾。"

　　他完全失望了，前些时候的好心情彻底被破坏了，电话铃再响时，他干脆说："对不起，我已经找到合租者了。"

　　但仍不断有电话打进来，最后他只得走到阳台上，不再听那烦人的电话。

　　又过了几天，电话仍是有增无减。

　　有一天，朋友过生日，他在宴会上喝了不少酒，回到家里，已是半夜时分，他刚洗漱完毕，电话又响了。他抄起就嚷："我最后说一次，我已经找到合租者了。"

　　电话里一个甜美的声音说："你没有！"

　　"我有了。"他愣了一下说。

　　"你没有。"

　　"我说有了，就有了，我自己的事情自己还不清楚！"

　　"你没有，正如另一个城市的我一样，我们是同一路人，我想也只有我才能成为你最佳的合租者，因为我们有着一样的目标。"

　　"你是谁？"他迟疑了片刻问。

　　"你不需要知道我是谁，你只要知道费用ＡＡ制完全按照你的意思执行就够了。"

　　"那我怎么联系你？"他的酒完全醒了。

　　"我明天就能到达这个城市，是早上六点的班车，你在候车室里等我吧。"

他还想再问详细点，但对方已把电话挂了。

"真是的，你怎么知道我会同意和你合租，我偏不去接你！"

他嘟囔了几句，迷迷糊糊地睡了。

第二天清早的时候，他叫了一辆的士，直奔汽车站，但在候车室里并没有发现他要等的人，等到七点时，他就走了。他相信这只是一场恶作剧罢了。

他买了一盒口香糖，在广场里漫无目的地走着。经过一片花丛时，他突然发现对面有一个穿粉红色长裙的女孩正朝这边望着，手里还提着一个包。清风托起纱裙和一头飘逸的长发，在朝阳的映衬下，宛如一片轻盈的云。

他愣住了，这身影太熟悉了。只片刻，他便飞似的朝那片云奔去了。

你对我的爱有多长

当一个男人开始跟婚姻撒起了谎，
那么缘分也就走到了尽头。

　　她是扳着指头过日子的，自从因工负伤后，她就留在家里养病。每天洗衣做饭，无所事事。从阳台上看花，那一片殷红啊，只可惜现在已不是开花的季节了。

　　她家里反对她和他的来往，还特意为她安排了几次相亲，对方都是英俊有为的名门望族之后，她总是托病不去。毕业那年，她一咬牙，就跟他过来了。

　　在这个小小的城市里，他是她唯一的亲人，也是她唯一的朋友。除了家，她再没有别的地方可去。酒楼、迪吧、茶馆那些，都不是她想要的地方，只要他的一个吻、一个拥抱，她就心满意足了。

　　可是他那么忙，去得早，归得晚，有时她想找他好好聊聊，他总是说累，一上床，很快就进入了梦乡。

　　难道他不爱自己了？她不敢多想，只觉得他们的爱情在夏天萎缩了，也许不会再燃烧了。

"你对我的爱有多长？"有一次，她站在门口面对他喃喃自语。那时他刚披着星月进门。"嗯，有一米长。"他头也不抬地说。

她傻了，心头一股哀愁迅速扩散到四肢。她沉默了，那个晚上她筷子都没有动一下，显得心事重重。

周末，她试探性地问："今天是我们结婚一周年纪念日啊。"走到门口的他愣了一下，回头，却还是转头走了。

她终于忍不住给他的公司打了电话，才知道他从来就没加过班。这么说，他一直都在骗她。当一个男人开始跟婚姻撒起了谎，那么缘分也就走到了尽头。

她心烦意乱地在屋子里走来走去。哭是没用的了，她简单地收拾了一下东西，她想回家，因为这里已经不再需要她了。她准备离开，也没有给他打电话。

出了门，往左拐，那里有个超市，她忽然想去转一转。她在门口停住了脚，她看到了他，正忙碌地从车上卸货。

原来他晚上一直都在超市里加班。她慌忙跑掉，她不想让他知道她差点走掉。

回到家，把门关紧，再把一切恢复到原来的样子，她才安心地坐下。她给他做了他最喜欢的水煮牛肉，然后搬把椅子，在门口，静候他的归来。

他风尘仆仆地归来，她连忙起来。拥抱，那是真实的距离。

　　他把这个月的"加班费"交给她，他说："再等一个月，我们就可以租个大一点的房子，然后把孩子生了。"她说："要不，我下个月就去上班。"他连忙摇头："你身子骨差，还是再调养几个月再说，要知道我可不能没有你啊。"

　　又一次，她问他："你对我的爱有多长？"那时他吞了一口水，抬头。她的唇紧压着他。"一辈子！"他说。然后，伸手，紧紧抱住。

为爱遮风挡雨

只要你快乐，你健康，

我牺牲一点，

挡点风雨又有什么关系呢？

在生活最窘迫的那段时间里，他们只能租住在一个破旧的平房里，阴暗潮湿。夏天的时候，虽然没有阳光的照射，但热得像被火烧似的，床上的凉席在发烫，感觉像蒸馒头，不敢往上面坐。这使已外出回来的女人，心乱如麻。

半夜里突然下起了暴雨，雨水顺着半开的窗户飘了进来，打湿了被子。男人是被这雷雨惊醒的，他看了女人一眼，说，雨真大，然后翻了一个身，继续睡。女人蹑手蹑脚地起来，轻轻地把湿的那一半盖在自己身上，没说话。女人生怕惊扰了男人。

一个小小的单人床，装着男人跟女人以及他们的梦，而女人总是睡在挨着窗户的位置。窗外暴风骤雨，漫长的黑夜，没有尽头。女人总是蜷着睡，半夜好几次惊醒，给男人盖盖被子，或者移移被子。

　　为了给男人遮风挡雨，女人经常在夜里，摔倒在地上，嘴里发出惊叫，还没来得及喊出来，她想起了还在熟睡的男人，于是赶紧捂住了嘴，生怕惊扰了男人。

　　后来，男人的工作稳定了，收入也多了，决定重新租一个好点的房子，女人答应了。他们租了一个一室一厅的房子，在三楼，尽管房子里什么东西也没有，女人还是迫不及待地搬到新房子里去住了，她说她得看着新房，心里才踏实。这一晚女人睡得特别香甜，半夜也没有惊醒。

　　虽然住了好一点的房子，女人依然睡在靠窗户的位置，依然是蜷着身子睡，因为她已经习惯这种睡姿，习惯让男人睡得舒服。深夜，女人依旧惊醒，坐起，为男人盖盖被子，看看熟睡的男人，才放心地睡下。

　　再后来，生活变得越来越好，女人却病倒了。检查，是风湿，不能站了，以后的日子只能坐轮椅。男人惊呆了，不知所措，流着泪说："好好的，怎么就不能走路了呢？是不是那些风雨害的你？"女人拉着男人的手说："我能为你做一些什么呢，只要你快乐，你健康，我牺牲一点，挡点风雨又有什么关系呢？"

　　男人没再说什么，只是紧紧地抱住了女人。

　　男人把女人带回家，男人决心好好照顾女人。晚上睡觉时，女人突然提出要睡在靠窗户的位置，被男人拒绝了。男人说："从今天起靠窗户这个位置，让我来睡吧，我早上起来做饭方便点。"女人点点头。

　　半夜，突然吹起了大风，女人立刻惊醒，坐起，男人也被这凉风吵醒，女人说："不如我们换换床位吧。"男人却摇摇头说："现在该我为你遮风挡雨了。"女人没说话，只是紧紧地抱住男人，女人看到男人的脸上，有一缕幸福的微笑……

人老珠黄，才敢说爱

以前我不敢说爱你，

不是我不想，

只是我觉得这三个字太重。

从小，他就是她的跟屁虫。他们在同一个小区生活，都在三楼。她站在阳台上，甚至能看清他家的电视机里演的是什么节目。于是，她就笑："你这辈子都别想逃出我的手掌心。"他耸肩一笑。

从初中到高中，他依然跟在她的身后，背包、提袋、扛米。别人都非常羡慕她，只因那时，他已出落成一个帅气的小伙。很多女生看他，目光里极尽妩媚。她就去遮他的眼睛，霸道地说："不许你看。"

填报志愿的时候，她抢过他的表，两张志愿表，同一个学校。填完，她痴痴地看着他。

是她主动说爱他的，她说："这些年，你一直都占据我的心，但我现在很怕，因为你太优秀，太帅气，我怕哪一天一转眼，就失去了你，因为没你，我活不下去。"他没说话，走过去，牵了她的手。

她问他："那你爱我吗？"他笑而不答。再问，他依然不答。他的手放在了她的腿上，她有风湿，每天他都会给她按摩，他的手结实有力。

后来，他们结婚了，她安心当上了全职太太。而他也通过自己的努力，坐到了科长的位置上。他的官越做越大，而她的喜悦却越来越低。电视上，男人变坏的故事，她看得太多，耳濡目染之下，她对自己的婚姻彻底失去了信心。原以为，他是爱她的，可是现在呢？她问他，那你爱我吗？他依然笑而不答。

有人跟她通风报信，说在哪里哪里，看到过她的丈夫，又或者看到他和哪个女人十分亲密地走在街上。言之凿凿，让她不得不相信，她想到了抓奸。

在那个谣言四起的下午，她坐出租车赶到了酒店。他正在聚精会神地看着笔记本，说刚参加一个会，正整理材料，准备晚上发言呢。望着她风尘仆仆的样子，他又说："你来做什么？"她尽力掩饰自己的尴尬，说："我刚和一个同学喝茶，路过。想看看你就进来了。"他握着她有点冰冷的手说："天冷，多穿点衣服。"

此后多年，她一直都进行着这种追逐的游戏，只是每一次，她都扑了个空。他也从不恼怒，只是细声细语地劝她注意身体。但他越若无其事，她就越觉得其中有诈。这样长年累月的，她有了心病。

去医院检查，她不能说，那个时候，他已经是这个城市数一数二的人物，还是公认的好丈夫、好儿子。她自然不会把没证据的事捅出来，破坏他的名誉。

她天天生活在猜忌和恐惧当中，即使他按时回来，她也得扑上前去，闻闻他的身上有没有女人的味道。

久而久之，她得了精神病，间歇性的那种。他带着她走了很多医院，医生们都说，心病还需心药医。问她，她又不说，只是傻傻地笑。

一天，他推了几个会议，带着她去北京，从一家心理诊所出来，他才恍然大悟。他做了一件很雷人的事情，回家后，把手机放在了她的手上，只要是电话，不管是私事还是公事，他都让她口舌相传。也怪，她的病就不再发作了，人也精神了、年轻了。他说都是他的错，这些年，他以为已经够懂她了，却还是忽略了她。

结婚 20 周年纪念日那天，他说他正在北京开会。她做了一桌子菜，父母孩子都在，就缺他。其实，她很想他回来的，每年的这个时候，他们都是一家人过。

突然有敲门声，儿子去开门，是他，还抱了一大堆礼物，她呆住了。他却说，本来早就回来了，买礼物耽搁了，还有，想给你一个惊喜。

他和儿子干杯，给父母敬酒，轮到她的时候，他突然说"我爱你"。她有点受宠若惊，甚至还有点怀疑，但他的话却是不容置疑的，她突然哭了起来。他刮着她的鼻子说："哭什么呢，傻丫头？"

20年前，她问他，爱她吗？不答，10年前，再问他，依然不答，而现在，她没问，他却主动说爱她了，她哪能不感激流泪。他拥她入怀说，以前我不敢说爱你，不是我不想，只是我觉得这三个字太重，说出来，我怕我尽不了这份责任和义务，而现在我觉得我事业初成，我有这个能力了。

他们拥抱着哭了。

是啊，青春豆蔻时不说，风华正茂时不说，人老珠黄才说这三个字，不是他们不懂爱，只是他们都觉得，那才是爱的最美姿势。

那句话，是她这辈子听到的最动人的情话。

想陪你再走一程

男人责怪地问："你昨天为什么不走，你知道留下来多不安全吗？"
女人轻轻地说："想陪你再走一程。"

那是一个晴朗的下午，男人一家人和伙计一起上了路，他们的目的地是国家森林公园。

再穿过一片高坡，就是南美虎的领地了，女人不断提醒他加快速度，天马上要黑了，得趁早离开这里。

男人答应着女人，把油门踩到最大，他何尝不想早点离开这里，经常在外奔波，他知道这段路的危险性，很多对南美虎虎视眈眈的偷猎者最后都有去无回。

其实，男人对这条路是比较熟悉的，哪里是悬崖，哪里是小道，哪里狼多，哪里虎出现的频率高，他都了如指掌。尽管如此，他今天依然感到很紧张，毕竟是借来的旧车，又是黄昏了，要是有什么闪失，他怎么向女人的父母交代。

他紧紧地盯着前面。他不希望在这节骨眼上发生任何事，再过去就是一大片树林了，那里是最让他头疼的地方。几乎每个月，他都看见有活生生的人变成一堆白骨。男人把脚放在刹车上，吩咐伙计把麻醉枪取出来。

然而，男人还是感觉车子猛然震了一下，开始他以为是车胎爆了，等他再往前看时，一只凶猛的老虎出现他的后视镜里。从两侧围上来的老虎也慢慢多了起来，这些饥饿的老虎似乎早就躲藏在这里等待猎物的到来。他明白，他们陷入了老虎设计的"圈套"中。男人加大了马力，也不管路况，一路狂飙起来。

也不知过了多久，已经看不到老虎的踪迹了，男人这才松了口气，他发现车子已经偏离了预定的路线，驶入了一大片草地中，他把车停下来，准备就地方便一下，再继续前进。

然而等他再次打火时，却不管怎么努力，车子都不听使唤了。

他再次听到车盖上传来"砰"的一声，凭直觉，他知道是老虎跳到了车子上，紧接着一只虎头出现在挡风玻璃外面。男人马上招呼着女人与伙计低下头，大气都不敢出一声。

夜很快来了，瓢泼大雨也跟着下了起来。过了一会儿，男人感觉危险过去了，抬起头，从惊恐中回过神来，他去抓女人的手，他感觉她的手是颤抖的。男人明白，在这里多待一分钟便多一分危险。

男人喊伙计，伙计这时也是惊魂未定，听到男人的叫声，他回了声，语气里带着恐惧。

　　男人摸出电话，开始报警，可是漆黑的夜里，他无法说出自己的具体方位，再加上夜黑雨大，警察局答应明早过来救援。这就意味着，至少在今天夜里，他们将得不到任何援助。

　　男人把车灯打亮了，这样至少，能吓退狼的攻击。三个人静静坐在车里，等天亮。一个小时，两个小时，漫长的等待有时也是一种致命的煎熬，何况身处在死亡险境里。

　　终于伙计忍不住了，说："与其待在这里等死，还不如走出去，或许还有一线希望。"男人也知道饿虎只要没找到新的猎物，随时可能再次发动新的攻击。他忽然记起，在这十里地外有个猎户，他对这里的地形非常熟悉，如果能找到他，要脱离险境，只是举手之劳。

　　于是男人说："你们俩赶紧去找猎户，记得带着枪和手电。"

　　"那么你呢？"女人柔声问。

　　男人苦笑了一下，他的腿在十年前的一次车祸中变成了残废。男人明白女人是在担心他，可是他跟着一起去只会徒增危险。

　　女人沉默着，男人急了，大声喊起来："你们快走，早走一分钟便多一分生的希望。"女人还是不说话，也不起身。

　　又等了一会儿，女人忽然起身出去，但刚走出去，便摔下去，伙计把她扶上车，女人说："我的脚受伤了，走不了了。"男人不再说话，只是紧紧地抱着女人，希望从自己身上传过去的温暖能让她忘记恐惧和害怕。

伙计再次问了一下大概方向，一个人拿着枪和灯走了。

男人不知道车灯是什么时候熄灭的，等他睁开眼的时候，救援队已经出现在眼前了。

女人如蛇一样滑了出去，打开车厢查看着，男人这才知道女人根本没有受伤，那一切只是做给他看的。

男人慢慢走下车来，有点责怪地说："你昨天为什么不走，你知道留下来多不安全？"

女人轻轻地说："想陪你再走一程。"

这时，救援队过来告诉他们，他们的伙计出了意外，就在一里外被虎咬得只剩下碎片。他们并不知道，早有几只饿虎尾随而来，就在一里外躲藏着，只等他们走出来。

女人没有再说话，只是紧紧抱着男人，泪流满面。她是如此感谢自己对爱的那份坚守最终挽救了她和她的幸福，她也深深明白，爱才是人生旅途上最美最珍贵的陪伴。

第二章
把你，停留在最美的时刻

　　十年之后，他们再次牵手，但此时只剩下了祝福和牵挂。她明白，有他的祝福，她将来一定能走得从容而美丽。而那份年少的爱，就让它种在心里吧，发芽，成长，最后揉成一朵云，那样的美丽，就算远在天涯，他和她，都能看到。

让爱找条回家的路

关心并不可怕，

可怕的是，把婚姻变成一座牢笼，

让彼此的心灵都受到无情的束缚。

我认识一对夫妻。

男的在银行工作，尽管很忙，但他每天坚持六点回家，然后做饭、洗衣、拖地。他还会修理家具，写诗更是一把好手，没事的时候，他会组织一些笔会，找他学诗的人也很多，他总是有求必应。

当然，他还拥有一份让人羡慕的婚姻。妻子在一家贸易公司做采购，长得漂亮又温柔，两人会定期去旅游，每年的结婚纪念日，他都想方设法给妻子一些甜蜜的惊喜。

唯一不满意的就是妻子的工作，妻子因为做的是采购工作，应酬多，出差也多，三五天不回家是常有的事。男人一个人孤单地守着这个家，很郁闷，于是他便强调，不管是什么应酬，都得提前告诉他一声，甚至有时他还跑过去，搞个突然袭击。如此这般，一干预就是好几年。当然，他也曾尝试过放手，但总是坚持不了几天，理由很充分——那么漂亮的女人，不放心啊！

"可是，你的妻子快乐吗？"我问。

"那肯定啊，"他笑着说，"我每次去找她，又不会去打扰她的工作，我只是在一旁静静地等着，然后接她一起回家。而且，我相信，如果她爱我，她也不会在意。"

"不，她当然会在意，"我说，"换成谁，都会感觉被监视一样，如芒刺在背，极不自在。"

男人摇摇头说："可是她从来没说过任何埋怨的话。"

"那是因为她不想让你担心，"我说，"可是你有没有从她的角度想一想？吃顿饭，聚个会，旁边还有双眼睛盯着，就算没去，电话不断，短信不断，换成你，你会受得了吗？再说，你身边也有很多女性同事或朋友，她有怀疑过你吗？"

"可是我们感情一向很好，几乎都没拌过嘴，也没红过脸。"男人说。

"我知道你们感情好，并且我相信，你们的这种温馨是建立在彼此深爱的基础上的。可是，如果你能腾出手，给她最大的信任和宽容，不是更好吗？她将一生都给你了，难道你连这点小事都做不到吗？关心并不可怕，可怕的是，把婚姻变成一座牢笼，让彼此的心灵都受到严重的束缚，再美、再让人羡慕的感情也只是徒有其表了。"

"她受委屈了吗？"男人愣住了。

"你说呢？我相信，稳固的感情是能接受任何考验的，但肯定不会快乐，并且，你的这份猜疑和嫉妒，能让你们的婚姻走多久？7 年还是 10 年？"

男人沉默了，良久，他抬头说："我以为婚姻有爱和责任就够了。"

"可是宽容、信任和爱并不矛盾啊。"我说，"很多家庭的组合，是因为爱，但又因为过度的爱，最终分崩瓦解，不是他们不爱，只是他们选择爱的方式太过于狭隘和自私，最终让婚姻中的两个人都感到窒息，离开便成了唯一的可能。"

研究爱情的生理学专家拉里·杨近说过，腾出你的一只手，以你的宽容和大度让爱找一条回家的路。的确，如果对自己最亲密的人都不能完全信任，那生活还有什么意义呢？

有些爱，只能揉成云

有些爱是风吹过，

是雨打过，

过了就很难回到当初那种境地了。

那时，他还小，父亲托了很多关系，才把他弄进这所学校。他深知来之不易，所以拼命地学习，直到遇上她。但他知道自己是配不上她的，个子不高，家里又穷，而她是高干子弟，最要紧的是，她说，她喜欢有钱人，恰巧追她的人都是些富贵子弟，他觉得自己没有任何竞争力。便远远地看着，或许，这就是暗恋吧。

她去过的地方，他也会去，深呼吸，似乎还能闻到她的味道。有时候，他还会远远地跟在她的后面，不为别的，只为保护她，怕她出事。还真的有了意外。那一次，一个男生约她去公园玩，走到密林处，突然要非礼她。她大叫，他像流星一般飞奔过来，一拳就击倒了男生，等她安定下来，他也消失得无影无踪了。

好几次，她问他，那次是不是他出手相救，他一张脸憋得通红，慌忙夺路而逃。

后来，她去了北京的一所学校，他也跟着去了。

大学四年里，他一直都默默地关心着她，她问他，她可以管他叫哥吗？心虽然像刀割一样疼，但他还是强装笑容地答应了。

再后来，她出国了。临行的前一天，她请他吃饭，她说："谢谢你，这么多年的照顾。"他羞涩地说："是我做得还不够好。"分别的时候，他忽然说："我可以牵你的手吗？"也不等她回答，就伸出了他强有力的大手。

然而，他只是礼节性地牵了手，然后分道扬镳。他知道，有些爱，只能揉成云，美丽过，灿烂过，就够了。

后来她就再没回来过，再次见到她是在学校的 50 周年校庆上。他已为人父，有自己的事业，家庭也幸福美满，而她却已离婚多年，带着八岁大的孩子四处飘泊。

两个人远远地望着，彼此相视，泪花颤动。这些年，其实彼此都没有忘记对方，只是那些关心和祝福变成了花，只在自己的心里默默绽放。

那晚，他们都喝了很多酒。聚会结束后，他送她回宾馆，又一次走了当年熟悉的小路。她忽然说："还记得当年的那次牵手吗？"

他的心一震，怎么会忘记呢？她却笑得心酸：你是个好男人，我当年是错过了。她本还想说，如果能重来，她一定会好好珍惜，只是心里也明白，有些爱是风吹过，是雨打过，过了就很难回到当初那种境地了。

他低着头，一如当年的胆怯。良久，他才说："还是找个老实可靠的人吧，这样，我才能真正安心。"

忽然间，她的手，软软地拽着他的手，柔和而从容。

十年之后，他们再次牵手，但此时只剩下了祝福和牵挂。她明白，有他的祝福，她将来一定能走得从容而美丽。而那份年少的爱，就让它种在心里吧，发芽，成长，最后揉成一朵云，那样的美丽，就算远在天涯，他和她都能看到。

不要让爱情在等待中荒芜

没有一份爱情会在原地踏步，
即便多么相爱，
那份爱也会随着时间、生活、世俗的侵蚀发生变化。

国庆回家，朋友结婚了，婚礼在市内一家酒店举行，热闹非凡。看着新郎笑容满面身前身后地忙个不停，我真为朋友找到这样的伴侣感到高兴。

新娘是我高中时期的同学，那时的她长得很漂亮，多愁善感，是个典型的小女生类型。她很有才华，她的作文经常被语文老师当作范文读给我们听，她也曾在省级、市级的很多作文大赛中取得过奖项，是我们公认的才女。

后来，上高二的时候，文理分班，她却莫名其妙地选择了理科班，高中毕业后就消失了。直到这次结婚前我们联系后才知道她高中毕业后，之所以见不到人影，是因为她追寻喜欢的那个男孩走了。

男孩是隔壁城市里的一个小职员，他们是在一个省级学术交流会上认识的，一见钟情，最后朋友为了他放弃了自己的学业，来到了男生所在的城市，跟男生一起打拼。

那时候他们准备创业，条件很艰苦。他们住着城市郊区最便宜的出租房，下大雨的时候房子还会出现漏雨的情况。对于从小娇生惯养的朋友来说这很糟，她因此经常生病。尽管如此，她还是坚持一定要跟男孩在一起，一起创造他们的共同未来。男孩白天更加努力地工作，朋友也在一家打印店做文员。然而男孩的努力，换来的却是诸多的不尽人意。

三个月的时间一晃而过，对于他们却是异常的漫长，朋友后来越来越消瘦，直到有一天在路上晕倒，男孩才下定决心，把朋友送回家，然后自己消失。

等朋友醒来的时候，她只看到男孩留给她的便条：

不要来找我，我已经远去。你好好过你自己的生活，等我闯出一番事业以后，我一定会回来娶你，给你幸福。

在家休养的那段时间，朋友等不及病好，就满世界地疯狂寻找男孩，却都一无所获，最后甚至想到了自杀，可后来安静了很长一段时间后做了一个决定——好好地等男孩出现。她仍然留在那个打印店一边做文员，一边寻找男孩。就这样六年过去了，朋友已经是这家打印店的老板，并且开了几家连锁店。同时，她还是当地作协的理事，一些杂志的签约作家，并且一直都在等着男孩，一直保持着单身。

男孩的出现，是在他们分开第六年的夏天，他是开着宝马来打印店接她。他们紧紧相拥，谁都不愿意松开手。后来她才知道，刚开始的时候男孩并没有离开她，那一年的时间里都一直在观望着她，在他确定她没事后才从家里拿了一笔钱开始独自创业。

因为没有经验，所以失败是在所难免的。在这期间，他睡过天桥，被合作伙伴欺骗过，但是男孩只要每次一想到她，都会甜甜一笑。通过五年的努力，男孩最终在这座城市站住了脚，并开了自己的公司，公司发展良好，年收入上千万。这个时候，他觉得能够给她幸福才回来找她，准备跟她结婚。

他们终于生活在一起了，彼此诉说着自己六年来经历的点点滴滴，一起喜笑颜开，一起热泪盈眶。但到男孩向她求婚的时候，她却开始犹豫起来了。跟男孩在一起的生活确实让她很幸福，很快乐，但是她也很明显地感觉到他们之间的裂痕和差异。其实与男孩相处久了，她才觉得男孩并没有她想象中的那么重要，也是因为他们相处了很长一段时间，她才觉得男孩的圈子她根本就融不进去。男孩处处包容着她，而并非是以前的那种关心和爱。她害怕了，其实她也知道，自从男孩给了她那颗十克拉钻戒的时候，就注定了他们的结局，她知道，那并不是她想要的。

朋友最终还是选择了分手，一年后接受了身边一个很普通男孩的求爱，最终答应了跟他在一起。那个男孩，就是现在的新郎。

朋友说，找一个在自己身边的人，踏实有安全感的，这就够了。后来她也有点感慨地说，如果当初男孩没有离开她，而是留下来跟她一起打拼，再苦再累他们都会在一起的，他们也一定会结婚，但是事实却不是这样。

现在的朋友已经有了他们爱情的结晶，他们仍然在城市里租房子住，男人说打算过两年攒够了钱再用自己的钱买房子，算是给她一个幸福的承诺。朋友说，老公在外面很累，都在为宝宝的奶粉钱奋斗着。等宝宝出生，到时候就教他读书识字，上一个很好的大学……

其实，爱情就是这样，它可以接受生活的风餐露宿，能够接受现实社会的雕琢考验，能够接受世俗的奇异目光，它唯独接受不了的就是漫长无期的等待，因为没有一份爱情会在原地踏步，即便多么相爱，那份爱也会随着时间、生活、社会、世俗的侵蚀而发生本质的变化。

爱一个人就要跟他一起接受生活的洗礼，然后步入婚姻的殿堂。如果仅仅只是一方的付出，一方的等待，那样的爱情又有谁能保证走得很远呢？

情到深处是放手

爱，从来就是两个人的事情，

如果因为你出事了，就把我推到一边，

那你就太自私了。

她刚度完蜜月回来，朋友们给她摆酒接风，说的全是羡慕的话。她却不住地朝远处张望着，有些反常。朋友们都以为她在等老公，只有她心里清楚，那个负她的男人，今夜会来见她。

她虽然心里有百般恨意，但是他要离开这个城市了，也许这辈子都没机会再见了，她也就心软了。

"他对你还好吧？"沉默良久，他主动开口。

"还好，你也好吧？"她问。

他笑了，她看出他眼中的勉强。

他是她的前男友，他们拍拖三年来，从没红过脸。她爱他，他也爱她。只是他们都没想到，一次感冒，到医院体检，他被化验出有癌，晚期。

那时，他就不想连累她，只是，她不肯。她说，爱，从来就是两个人的事情，如果因为你出事了，就把我推到一边，那你就太自私了。他无言以对。

她说："治。"

"那就治吧。"他回答。

他们花光了家里的积蓄，还欠债累累。他每天都得吃药，即使这样，医生说他顶多只能活三年。

她牵着他的手，目光停留在天上："这个时候，我只想跟你说，我会好好陪着你，走下去，不管风雨险阻，就像那两只大雁一样，生死永相随。"

她明显瘦了，为了支付昂贵的医药费，她找了好几份兼职，一天到晚地忙，有时连饭都顾不上吃。

为了他，她认为值，可是有一天，她不再这么想了。

那个美丽的黄昏，她看见一个女人坐在他的身边，言语亲密。而她，却反似成了外人。

如果不是亲眼所见，她很难相信这是真的。他虽说不上英俊，但才华出众，爱慕他的女人大有人在，只是这么多年来，他从没做过对不起她的事。

她不敢再想下去，她倒希望这是个误会，只是事实却不是她希望的那样。几天之后，他终于袒露实情：女人是他的初恋，他的心里一直装着那个女人，在这生命的尽头，他希望她能成全他们。

　　不久后，她去了另一个城市发展，虽然有众多追求者，也迫于年纪结了婚，但她心里还是有他。

　　"这枚戒指是送给她的吧？你们俩真幸福。"她说，心里酸酸的疼。

　　他再度笑了，那眼中的惆怅，她感觉到了，却读不懂。

　　分手后，她再也没见过他，直到一年后，她去墓地去拜祭一位故人，在转弯处她止了步，她看到了那个女人，他的初恋，而他则躺在小小的墓地里，再也不能说话。

　　她呆住，泪雨纷飞，直到此时，她才知道他从来就没有背叛过她，那个女人是他的表妹，也是直到此时她才明白，他再也不想拖累深爱的她，无奈，才放了手。

一朵花能开多久

我心中的这朵花，
只为你一个人开放，
开了就是一辈子。

那时，男人在一个学校里当老师，女人是设计师，两人是在一个相亲节目里认识的，并且一见钟情。

男人喜欢爬山，女人每个周末就陪着他爬。每次，男人都会折一朵含苞待放的野花插在她床前的瓶子里。男人说："你是上天赐予我最好的天使，这样美丽的鲜花，也只有你的善良和贤惠才能匹配。"女人调皮地问："那一朵花，能开多久？"男人牵着女人的手："你在我心里，开了就是一辈子。"

后来，男人和女人准备结婚。那天，下着很大的雨，男人去接亲的时候，突然一辆大卡车从背后冲过来，眼疾手快的女人把男人推开了，自己却被撞飞了好几米。

女人被紧急送往医院，在急救室外，男人心急如焚。结果还是等到了不幸的消息：因为严重颅脑外伤，女人一直处于深度昏迷中，很可能一辈子都无法苏醒过来。

男人被噩耗吓坏了，好半天才从恐惧中平静下来。接下来的时间，男人一直守护在女人床边，他希望女人能醒，但是一周，一个月，两个月过去了，女人依旧处于昏迷中……

昂贵的医药费让两个家庭都感觉到了沉重压力，于是有人劝他，算了吧，抬回家去吧。男人不肯，还有人劝他，赶紧再找个人谈恋爱吧，难不成守着个活死人到老？男人不肯，男人说："我心中的这朵花，只为她一个人开放。"

男人说什么也不让人把女人带走，为了筹钱，他已经把自己所有值钱的东西都卖了，但仍不够，男人只好写稿，拼命地写。

当男人的稿子在各地的报纸上发表时，他和女人的故事也引来很多的人关注。其中有一个人愿意提供所有的住院费用，直到女人苏醒。

但男人拒绝了，因为愿意提供费用的人是他的初恋。

他们是青梅竹马的一对，只是她后来遇到了有钱人，便抵挡不住诱惑，跟有钱人跑了。她以为自己嫁到了豪门，只是没想到，豪门的日子并不是她想的那么简单，终于有一天，她忍受不住了，离婚了。这个时候，她才发现男人的好。她开始满大街地寻找，只是，男人已经离开。

她在报纸上看到男人的消息后，立即赶到了男人所在的医院，也见到了深情的男人，她觉得更值得珍惜。她甚至说："让我和你一起照顾你女友吧。"尽管他一再委婉拒绝，她依然爱意频传。她给他垫付了一年的住院费。他说："谢谢，你的情我接受不了，钱我会慢慢还你。"

尽管有男人精心的照顾，但女人依然没有醒，而且好几次都送进了重症监护室，但是他依然没有放弃，只要有万分之一活的概率，他就不松手，不放弃。

后来，男人在一家电视上看到舔植物人的脚心，可以帮助他们提前苏醒。男人便在每天早上起来和睡觉前，给女人舔半个小时，其他时间就做按摩，或者和女人说话，他把这种方式叫情感呼唤。

因为太过于操劳，男人几次都昏倒在女人的床前，但只要一醒来，他就会继续呼唤着女人的名字。

也许他的诚心感动了上天，女人的身体慢慢有了知觉。

那天，男人的前女友再次来找他。她劝他："于情于理于爱，你都尽到了自己的责任，可是你女友复苏的可能性太渺茫，还是回到我身边吧，我可以和你一起照顾她。"可是男人的心里只有一个念头，女人是为了自己才撞成植物人的，他不能离开女友，一定要把女友唤醒。男人送前女友回来后，猛然发现女人的眼里噙满了泪水。

男人像个小孩子似的叫起来，他终于看到了女人苏醒的希望。好转一直在持续，女人似乎可以听得懂人们的谈话，会用眨眼睛来表示她的看法，会和人握手。之后，男人的前女友还打过几次电话，男人说："知道我为什么一直能坚持到今天吗？那就是因为幸福和爱。"

前女友依然不死心，七夕情人节那天，她捧了一大束玫瑰过来，希望男人能回心转意。就在窗外，她怔住了。此时，男人正在和女人说着话，半年不见，男人老了，瘦了，但依旧精神抖擞。男人的手始终和女人的手在一起，她依稀听见女人的声音："我要尽快好起来，用我的一生一世来回报你，我们永远在一起。"

前女友的眼里忽然就流出了眼泪。她没进去，花是让护士送进去的。

她想，那束花，只配送给这对痴情的情侣，因为开了就是一辈子。

用一生去织一幅十字绣

女人把这种日子叫生活，
女人把这种生活叫幸福。

那时，男人年轻，在一家公司里做文员，业余时间就码字，他的文字干净文雅，似青山绿水，不知打动了多少人的心。

那时，女人也年轻，跟着他，从南到北，一个印子一个印子地跟了过来。白天，女人在他公司的门口补鞋，她说在这里可以听到他接电话的声音。晚上，女人就坐在男人的对面，织她的十字绣。她心疼他们的爱情，她说，要给他们的三周年纪念日织一份特别的礼物。她要把他们和儿子的画像织上去。

女人把这种日子叫生活。

拼搏了几年，男人有点积蓄了，买了房，买了摩托，男人依旧在公司里上班，业余时间依旧码他的字，女人依旧是补她的鞋，织她的十字绣。

女人把这种生活叫幸福。女人说，我们的幸福生活才刚刚开始呢，男人就笑，她就撒娇地钻进他的怀里。

然而女人的十字绣才完成一半，她就出事了，一辆超速行驶的车把她撞得横飞出去。女人在医院躺了半个月，之后就变得疯疯癫癫，不记得人也不记得事，只知道吃。她每天都缠着男人，叫他叔，叫他爸。男人刚出家门，女人就从后面跟上来，脱他的衣服。女人说，爸爸，我要吃饭。他只好又折回来。

后来男人干脆辞了职，专心照顾女人和孩子。男人写稿的时候她也会来闹，可是只要他拿起那半张十字绣，她马上停下来，安安静静地拿着针线开始织。

儿子长大了，开始读大学了，她依旧没有把那张十字绣织完。闲的时候，她总会拿出来，就那么愣愣地看着。

有时过来串门的邻居就问："这是什么啊？"

她就傻傻地笑："我和老公。"

"儿子呢？"

"儿子的照片还没弄上去。"

邻居开玩笑地要过来抢，她死死抱着不肯放："不要抢我老公，不要抢我儿子！"

男人以为，他们就这么过了，平平淡淡也好。但命运还是和他开了个大玩笑。女人生日那天，他接到电话，儿子出了意外，送进了医院，还没脱离危险期。他呆住，拉住妻子发疯似的往外面跑。

男人和女人就坐在床头，出乎意料，她这次没有再闹再哭。男人回去取钱的时候，女人就看着儿子，什么也不说。那一夜，女人头一次没有要男人看护。

男人去问医生，医生说："现在最好的办法就是多给儿子说说话，也许还能出现奇迹。"

男人就问女人："你知道我们的儿子现在出危险了，需要我们的帮助，需要你来讲你能记起的事情，你愿意吗？你愿意帮助我们的儿子，让他醒过来吗？"

女人傻傻地笑着，然后傻傻点头。

16天，女人不疯不傻地坐在病房前，她不停地讲她和男人的故事，讲那张十字绣的愿望。累了她就停下来，摸出十字绣，看着儿子织剩下的另一半。

16天，没有人知道是什么原因，也许是奇迹，也许是这么多年来的休养，女人的病已经有所好转。大家只知道，此时女人已经是发如雪，男人已经是鬓如霜。

儿子醒来的时候，女人就躺在旁边，她的手里拿着未织完的十字绣，针还在她的手里，只是她已经没法再动一下了。

女人就这样安静地离去了。

男人进来的时候，儿子正拿着针线，完成着母亲未完的部分，其实就只差一个眸子了，儿子用心地织着，男人也用心地指导着。女人失常的这20年，男人也经常跟着女人织，已经非常熟稔。

　　站在女人的墓前，两个男人都久久发着呆，泪流满面。墓前摆放着那张本应两年织完，却持续了 22 年的十字绣。他们知道，那个真正疼他们、爱他们的女人已经去了，只是这份十字绣连起的三个人的情，并没有断，而是会一直传下去，刻骨铭心，生生世世。

亲手扼杀了爱情

在这个物欲横流的社会里，
他一直想找一份纯粹的爱情，
可是当真爱来临，
却又被他的怀疑和逃避亲手扼杀了。

他是个典型的穷二代，多年前，他和父母来到这座城市打拼，在一所学校里做保安，收入只够勉强养活自己。他曾相亲过无数次，但不是问他有没有房子，就是问他能不能养活她。无法回答时，他就选择了沉默，直到遇到了她。

她是一名护士，长得高挑又温柔，第一次在公交车上遇见她，他就心动了，一路尾随到医院，又不失时机地送上一束火辣的玫瑰花。

怕她像以前那些女子一样，只关注物质的丰盈，他又不舍得放弃，于是他有了另外一重身份：一家公司的销售经理，父母都是高官。

既然是富二代，就要演全套，于是，他租了一辆跑车，又在市中心最繁华的地方租了一套房子。他请她吃海鲜，给她买名贵服饰，她说，其实她并不奢求那些，散散步，吃吃蒸菜就行了。他一脸傲然，和我在一起，怎么能降低你的生活品质呢？

其实，为了那种昂贵的约会，他早已经入不敷出，只好到处借钱，甚至还借上了高利贷。朋友们都劝他，还是跟她坦白吧，如果她真的爱你，就不会计较你的出身。

在他租的房子里，他们过上了短暂的同居生活，他对她是真的好。她唠叨，他就静心听她的倾诉；她怕冷，他就执意把她冰冷的双脚往自己怀里拽；她贪睡，他就每天早上起来给她做早餐；她不喜欢吃辣的，他硬是把多年嗜辣如命的习惯给改了。

在一次次感动下，她说，跟我回家见父母吧。他的心却疼了起来，他知道是真的爱她，但是她呢，她是不是真的爱自己呢？还是只贪图他那些虚假的富贵？虽然，她一再强调，她只需要的是一份平淡的幸福，真实就好，但难保那只是建立在物质条件下的一番托词。他便犹豫了。

因为债台高筑，在她出国旅游期间，他也被迫逃亡，到了一个很偏远的城市，过上了隐姓埋名的生活，后来他找了个从农村里出来的姑娘结婚了，尽管他并不喜欢对方。

有一次，看相亲节目，他突然震住了，屏幕里的女嘉宾，近乎哭泣地说着："等我回来的时候，我再也找不着他了，去他所说的公司，并没有这个人，三年了，我找了整整三年，我一直期待他能回来找我，就算他只是一名保安，一个捡垃圾的，只要疼我、爱我，我都心满意足。"

他努力控制着自己的情绪，但泪水像溃堤的洪水，再也无法停止——在这个物欲横流的社会里，他一直想找一份纯粹的爱情，可是当真爱来临时，却又被他的怀疑和逃避亲手扼杀了。

爱情是一阵风

她喜欢一个人独来独往,
没有任何思想上的包袱,
简单并且快乐。

纯是一个很有能力的女孩,东北人,身材高挑,虽谈不上漂亮,但气质绝佳,再加上有一个做副市长的老爸做后台,纯的生活无忧无虑。

纯已到了该找男友的年龄了,因为她的气质,再加上她的能力,所以追求她的男孩很多,每天只要下课铃声一响,就会有大批的男孩蜂拥而至,有捧花的,有替她提包的,纯每次都处理得游刃有余,一个男孩都没有得罪。纯总会笑吟吟地安排哪个时间跟这个男孩约会,哪个时间跟那个男孩见面,一切都井然有序。纯俨然就是个大忙人,每天都在不同的男孩之间飞来飞去,就像一阵风,来也匆匆,去也匆匆,只不过是一阵暖人的秋风。

这样一个月、两个月下来,有不少男孩急流勇退了,也有不少男孩把爱偷偷地藏在了心里,但又会有其他慕名而至的男孩加入进来。所以纯每天都把自己的时间安排得满满的，过得很快乐，很充实。

到纯大四的时候，依然有两个忠诚的追求者，一直陪在她身边，一个是义，一个是华。两个人都死心塌地追随着纯，不管前面有什么刀山火海也都敢面对。

说实话，就这两个男孩的能力来看，确实难分高低。义在学校校报任主编，又是学生会的主席；而华是研究生，写得一手漂亮文章，在报刊上大大小小发表了几十篇，又是市作协的会员。但从物质条件来看，华就差远了。华的父母只是普通的农民，家境贫寒，华的学费、生活费都得靠拼命打工才能勉强凑合；而义的父母都是银行的高级官员，义有自己的小车，每个周末他都会带纯去郊外吹风，纯喜欢站在高速行驶的敞篷车里大声歌唱。两人对纯的攻势一样的猛烈，从大二那年开始，他们俩就暗暗较上了劲，似乎要一决高下，纯对这一切似全然不知，依然自由地来回穿梭。

在一个地方待久了，人都会有一种压抑的感觉，就想到外面透透气，纯自然也不例外。纯喜欢旅游，她在大学生活里，跑遍了四川省的所有旅游景点。比如阆中古城，又比如九寨沟。更主要的是纯每次出行，都是一个人悄悄走的，既不告诉义也不告诉华。用纯自己的话说，她喜欢一个人独来独往，没有任何思想上的包袱，简单并且快乐。

　　纯是一阵风，是一阵令人不可捉摸的风，就像来自九天之外，又似羚羊挂角，了无痕迹。

　　纯又要飞了，在纯又要去远行前，义的父母特意在市里最豪华的五星级大酒店宴请纯和她的室友，并当场许诺，只要纯毕业之后愿意留下来，市银行会计的职务就替她留着。义的父母还送给她一串价值不菲的白金项链。看来，爱情的天平是向义倾斜了。

　　纯在出发之前，特意告诉了义和华，于是义和华便带着各自的礼物来送行。义送给纯一只高贵的白金钻戒，又递过一张银行卡。相比之下，华就寒酸多了，华用他这个月发表文章所得的稿费为纯买了双运动鞋，又把自己为纯写的情诗做成了个小册子，华告诉纯，路上寂寞的时候就看看。华还带了一大瓶泉水，华说那水是从西山之巅的水池里取的，很干净，很甜。

　　纯收下了他们的礼物，提起行囊，挥挥手，算是告别。纯就这样走了，像一阵清风。

　　待纯回来的时候，已是七月了。纯一回来，义的父母便捎信让她过去，但她拒绝了，径直去了华的家里，一个普通得不能再普通的农户之家，纯第一次让华牵住了她的小手，也牵起了她幸福的一生。

　　纯后来告诉义，这一次远行，她才真正懂得她所需要的爱情是什么。当她在杳无人迹的大沙漠里穿行的时候，是华送她的鞋和水救了她，当她在天寒地冻的郊野里露营时，是华的诗集给了她继续前行的勇气。纯这次去的是罗布泊，她回来后写了很多游记，并都顺利地发表了。

这个故事是义告诉我的，义在给我讲述这个故事的时候有些惆怅，义说，纯真的是阵风。

你的票还在

命运对每一个人都是公平的，
都给予了上船的票，
只是我们有时候没有把握好。

在没有遇到女孩之前，他一直以为自己是这个世界上最平凡最自卑的男孩，一米五八的个子，长相普通的脸上还夹着几颗红斑。在大学里他是一个沉默寡言的人，没参加任何社团，也没有做过任何兼职，他的生活就是寝室—食堂—图书馆，三点一线。当然也谈不上交女朋友了，他一直以为像他这样的男生没有女生会感兴趣的。

直到认识了她——电视台的一位记者。他们的认识也很有戏剧性，那次五一他回家，在大山深处遇到了迷路的她，她本是想去采访一位隐世的奇人，他很荣幸地当了一回向导。他们聊得很投机，分开时各自留下了联系方式，原来她和他在同一个城市工作。

难道这是天赐的缘分？这样想着时，他就幸福得睡不着觉。回到城市时，他发现女孩居然在公司门口等他。

"为了感谢你上次的帮助，我请你吃顿便饭，赏脸不？"女孩大方地说。他愉快地答应了。

在高雅的餐厅，他饶有兴趣地欣赏着她吃饭的姿势，他喜欢这种浪漫、温馨的感觉，他也喜欢女孩举手投足间所散发出来的气质。他想，这也许是他这辈子吃得最开心的晚餐了。

吃了饭，他邀请她到他的住处小坐了一会，他的房间里还住着另一个阳光男孩，叫川，长得又高又帅。出来时，他看见他们谈笑风生，他突然感到了一丝醋意。那一晚，他失眠了，他想他是找到了爱的感觉。但是女孩会喜欢他吗？像他这样的男生，平凡如一颗大路上的小石头。他想找个人咨询。川听了他的想法，一脸的惊讶："你怎么这么不相信自己呢？要不我给你打听打听吧。"他相信了他，一直以来他都把川当成自己最好的朋友。他把她的号码给了川，然后川像一阵风似的跑了，他突然感到一丝莫名的哀伤。

后来，女孩会常来他的住处坐坐，然后三个人一起吃顿简单的晚餐，她每次都会把川喊上。有一次他因公司临时加班提前走了，回来时他看见他们还坐在那里畅谈。他站在门口，进也不是，退也不是。女孩也有点尴尬："我还有点事，我得回去了。"他本来想去送，但川比他先了一步。

他怀疑起自己的直觉，也许女孩并不喜欢他，她来这里只是为了接近川，看到川走开时那得意的表情，他感到心被狠狠刺了一刀，鲜血淋漓。这么想着时，他感觉自己是在一厢情愿了，女孩那么优秀那么漂亮，他这只青蛙怎么配得上呢？其实他很优秀，公司里的人都知道，只是他自己不这么想，他一直都在自卑中活着。

他开始有意识地避着女孩，该 6 点下班的时候，他会拖到 8 点，有的时候他干脆在办公室里熬夜。他一心扑在了工作上，但只要一停下来，他的眼前就会浮现女孩的影子，他明白他是中了情毒，但另一方面他又觉得自己配不上她，他一直这么执着地认为。他是个内敛的人，当然也谈不上表白。后来他干脆搬到外面去住，有几次他在公园里散步遇到了女孩，他总是会提起川："其实川挺不错的，人帅，脾气又好。谁要是嫁给他，肯定很幸福。"他这样说着时，都不敢看她的眼睛，其实他很想说的是："今天晚上，我们一起去散步看星星去，好吗？"只是话到嘴边又吞了下去。

有一次他在公园里看见他们了，川想去牵她的手，被她甩开了，她向后转头的时候一眼瞥见了发呆的他。他开始疯狂地跑，他没有想到她会在后面追，他知道这个消息时，他人已经在上海了。他离开了公司，他一直执着地认为他的春天永远不会开花，有时他干脆把这归结于他的宿命，小时候有个算命先生就这样说过，他不得不相信命，他一出生，上天就安排了他的结局。

后来他又听说女孩曾经来上海找过他，但当他醒悟的时候已经迟了，川和她好了，他也就没有再去找她。

伤心的时候他会一个人去喝酒，那个时候他才知道是自己错过了爱情的航班。命运对每一个人都是公平的，都给予了上船的票，只是他自己没有把握好。一年后他被公司任命为东南地区执行总裁，回到了原来的地方。

下飞机后，他买了一盒她最喜欢吃的口香糖，在广场里漫无目的地走着。经过一片花丛时，他突然发现对面有一个穿粉红色长裙的女孩正朝这边望着，手里还提着一个包。清风托起纱裙和一头飘逸的长发，在朝阳的映衬下，宛如一片轻盈的红云。

他愣住了，这身影太熟悉了，只有片刻，他飞似的朝那片红云奔去。他看着她，轻轻地问："你的船上还有位置吗？"她说："你的票还在。"

他把她深深抱住，泪雨纷飞！

把你，停留在最美的时刻

当车子载着我离开时，
我呆呆地望着他家的方向，
落花飞舞，飘零一地，
犹如我的心。

"大家好！我叫 Halen。……"略带磁性的声音，把我从恍惚中拽了回来，抬头，原来是一个转来的新生，不禁细细打量起来。好看的干净的眉眼是我喜欢的那种，唇角上扬，暖暖的笑就这样溢了出来，心却突然停掉半拍。我迫使自己转移视线来掩饰自己内心的波动，以为这样就可以相安无事。

阳春三月的日子，草长莺飞，而我心里的那颗爱情种子没来由地就这样发芽了，并开始疯狂地生长，不可抑制。

我由刚开始静静地看着他，到无来由地和他周围的同学打闹，原本我是一个安静到可以将周围一切无视的女孩。我的每次喧哗，每个表情，每个余光里都有他的身影，开心的、安静的、落寞的，一点一点溅到心里，开起一朵一朵的花。

我开始以各种各样的借口找他，即便是找茬，我也可以，因为我是班长。我不知道他是否懂我所做的一切。我记得，曾经我是别人眼里的乖乖女，而现在我却和班上的任何一个男生都能打成一片，但除了他。我想尽一切办法让他更关注我，但他只轻描淡写地回了一句："女孩子还是应该安静一点。"

一阵撕心裂肺的疼溢满全身，我不知那是不是心碎的感觉，我却朝他微笑，微笑，尽管是僵硬的微笑……

我就这样安静了下来，不打也不闹，朋友以为我受到了什么创伤，问我，我却不说。在他每天经过的路口，我总会很早就赶到，我以为我可以就这样看着他，一直下去，直到有一天看到他牵着一个女孩，对站在旁边的我熟视无睹。

我的心仿佛一下被掏空了，飞奔着跑开，在操场上，一圈，两圈，三圈……直到，再也跑不动，泪再也流不下来。

后来，父母让我转校了，我想，离开了，就不会再疼痛地守望着他的幸福。当车子载着我离开时，我呆呆地望着他家的方向，落花飞舞，飘零一地，犹如我的心。

离开后，也会时而传来他的消息，而我却淡然起来，时间真是一服最有效的疗伤药。

很多年以后，彼此都已成家。偶然听到他很不幸福，那一刻，心不由自主扯动着。我千方百计找来他的号码，打过去，我以为我会尴尬或是无法启齿，没想到，那一次我们聊了很多，包括曾经那些美丽的青葱岁月，现在想来是如此的美好。

　　我想我应当感谢，感谢把他停留在了最美的时刻。

有一种守候叫天长地久

我就是你的栀子花，

我希望每日每夜，

都在你的心里绽放。

他和她青梅竹马，从小开始，他就是她的守护神，只要有人欺负她，他总会挺身而出，而且不管对方的块头比他大多少。因此他常常被打得鼻青脸肿，而她总会温柔地擦拭他脸上的伤口。他每次都说，长大后，我要娶你为妻。她笑笑，一脸的灿烂。

初二那年，她得了肾病，休学一年。他得知后，每天都会按时到她家进行辅导。他做了两份笔记，一份给自己，一份给她。

他画了一个小老鼠在上面。他说："你看，那就是我，我以后天天缠着你。"他又指着天空飞过的一群候鸟说："让我们一起追赶理想吧。"她点点头。

他们考入了同一所高中，进入了同一个班学习。高二会考那天，她在他书包里放了一把栀子花，她对他说："我就是你的栀子花，我希望每日每夜，都在你的心里绽放。"他感动得哭了。

他约她去湖边玩。风起了，她指着水里一对嬉戏的天鹅，说："我们就是那对快乐的天鹅，我们将来的爱情就像它们那样，自由而幸福。"

他刮刮她的鼻子说："我要陪你到天荒地老。"

后来，他考上了一所电子大学，而她则因为家里的原因到一所小学去教书。他每周都会给她写信，他的信缠缠绵绵，满是青山绿水的真挚。

她每次都会很认真地问他："我们的爱会不会像风一样，只留下片刻的温柔呢？"他每次都会信誓旦旦地说："我们的爱就像潺潺流水，永不停息。"

他说他喜欢古铜色的地板，他喜欢福尔摩斯的小说，刘德华的音乐……然后他又说，我来看你吧，他就像风一样来了，一进门，他惊呆了，整个房间都是按他的喜好摆设的：古铜色的地板，古铜色的床，桌上摆满了福尔摩斯的小说，刘德华的专辑，走廊上还养着一盆栀子花。

她说，那栀子花就是她的守护神。他把她揽在怀里，说："让我们一起幸福到老。"她眼里噙满了泪水，说："我会记住这句话的，这天下如果还有人相信爱情可以天荒地老，那个人就是我！"

毕业之后，他去了广州一家公司上班。他说，三年之后，等他攒足了钱，就会回来和她结婚。她快乐地笑了。

他就像风一样走了，他很少给她写信了，他总是说很忙，希望她能理解，于是她的眼里多了一种表情，那叫忧郁。

她只是静静地去浇灌那盆栀子花，后来他干脆不写信了，再后来他结婚了，听说新娘就是他的顶头上司。他托朋友转来一封信，他说："我们分手吧，我只是一个过客，来也匆匆，去也匆匆，我只是在你身边留下淡淡的清香。"

她哭了，眼睛肿肿的。于是，她每天中午都会在池塘边上坐上一会儿，说一些也许只有天鹅能听懂的话语。

不过，他的婚姻生活并不幸福，他的眼里有了深深的悔意，他经常在朋友间说起她，说着说着，眼就湿了。

他又给她写了长长的信，他一遍遍地倾吐着他的思念，他的忏悔。他问，他飘过的那一抹清香，她闻到了没，他希望有一个人能拾起它，轻轻地，飘满春的绿意。

她没有回信。

最终，他离了婚，带着干净的身体回来了。一进门，他突然有了一种回家的感觉，古铜色的地板和床，福尔摩斯的小说，刘德华的唱片，一切都是那么赏心悦目，那盆栀子花正在绽放着，一切一切，都是那么熟悉和温馨，只是她老了，白发片片。

　　他看到墙头刻了一行字：有一种守候，叫天长地久。他看着看着，眼就湿了。她说，你的幸福还在。他跪在地上，抱着她的腿，号啕大哭。

我想大声告诉你

有时候我们并不是爱一个人，
我们爱的只是爱情本身。

他是她的学长，他的幽默风趣，他的坦然心态，都让她着迷，她进校那一天就爱上了他。

她找一切机会接近他。好多次，她都想告诉他自己的感受。

有一天，她实在忍不住了，准备拨他的电话。正好，他打过来了，她兴奋、激动，但仍装作镇定。原来是他外地的女朋友要来这边玩，想暂住她寝室。她傻了，哭了整整一个晚上。

第二天晚上，他把她送过来了，是一个高挑、白皙的女孩子。她想，真配他。她热情地招待。她想，这也是为了他吧。

半个月后，他准备送他女朋友回去了，想请她吃饭。她曾无数次幻想着能和他共进烛光晚餐，可是，这次她退缩了，因为她不能保证自己在这种尴尬的三人关系中表现完美，她一个人躲在宿舍里，听《等你爱我》。

后来，她偶然得知他和女朋友分手了，却谈不上开心。她会在网上陪他聊天，逗他开心。那一刻，她想，哪怕得不到他，也希望他过得开心，他却表现得无所谓。她不明白，自己越想得到的就越得不到，要怎样他才能属于自己呢？

在一次聚会上，有个朋友开他的玩笑，说她也挺不错，你小子可以试试嘛。她屏住呼吸听着他的回答是：可以啊。她其实心里知道，他不可能喜欢自己，但她更宁愿相信他是喜欢的。

饭后，回到寝室，她的心情依然兴奋。她与她的姐妹分享着她的喜悦，姐妹鼓励她表白。她终于决定豁出去了，这是她等了三年的机会，哪怕没有结果，她也想要一个答案。

她发出了表白短信，心脏剧烈跳动。很快有了回信：你怎么不早点说啊？我现在要马上找工作了。她回了一句：那我等你十年，好吗？可是，他拒绝了。

一场期待已久的表白结束了，本以为会大哭一场，她却发现没有悲伤的感觉了，心情格外轻松。

是啊，有爱就记得大胆说出来，纵使失败也好，因为有时候我们并不是爱一个人，我们爱的只是爱情本身。

你的胎记，真美

男人六神无主地朝外面跑，
此刻，他心里只剩下一个念头，
那就是去找他的女人。

男人对他的女人越来越讨厌，事业有成的他固执地认为自己应该找一个年轻漂亮的恋人才符合他的身份。女人是他的初恋，长得又胖又矮，脸上还有一块难看的胎记。

女人从遥远的城市出差回来，男人决定开车去接她。

男人边开车边想，是应该到摊牌的时候了，对于这个追随了自己 7 年的女人，男人想好了，房子给她，还补偿她一笔不小的生活费。男人虽然有点心疼，但和新欢给他带来的惊喜相比，男人完全可以承受。新欢是省政府高官的女儿，对于一心想扩展事业的男人来说，这是个绝佳的机会。

男人在车站等了足足三个小时，车还没来，打女人的手机，关机。男人有点心慌了，去问，才知道来此途中的一辆动车组翻车了。

男人感觉头脑像被雷击了一般，全身冷汗淋漓，那毕竟是他相爱 7 年的女人啊，而且最让他担心的是，那动车组正是女人所坐的那一趟。男人六神无主地朝外面跑，此刻，他心里只剩下一个念头，那就是去找他的女人。

驱车 5 小时后，男人终于到了发生车祸的地方，扔下车，男人边拨电话边往上面跑，依然还是没人接。翻车的铁轨附近坐满了受伤的人，男人一个个看着，一次次喊着女人的名字，但都没有见着。许是不在了，男人这样想着，便觉得眼前一黑，昏倒了。

等男人醒来时，已经在医院里，护士告诉他，只是气血攻心，好好休息下就没事了。可男人想的只是女人，想的只是女人这几年的好，他从病床上爬下来，疯狂地朝外面跑。男人想，情愿他的女人，断了胳膊，少了腿，甚至成了植物人，可至少还在啊，他还能看见，剩下的日子，他会好好地照顾，以弥补这些年的亏欠。

男人刚跑出去，电话便响了，是女人，女人告诉他，她在温州机场。男人赶紧开车往回赶，一颗惊慌失措的心也渐渐安稳下来，男人惊喜地想：这次见着了，一定好好地表白。

就在机场大厅里，男人见着了长得又胖又矮，脸上还有一块难看的胎记的女人，可是他此时没再觉得女人有多丑，跑上前去，顾不得别人的眼光，狠狠抱着她亲起来。

男人有了劫后余生的感觉。女人说："本来是准备上车的，可是客户那边突然有事，一耽搁就是大半天。"

男人说："你手机怎么关机了？"女人说没电了，等事情办完了，怕他担心，就找了个手机加油站充了会儿电。

男人做了个果断的决定，几天后就结婚了，新娘不是别人，正是那个有着胎记的女人。男人知道，这个女人虽然不会给自己的事业带来多大的帮助，但是她爱他，他也爱她，这就够了。

结婚那一天，送走了所有的亲朋，男人主动给女人倒了杯酒，女人脸上的胎记也带着些红润，男人第一次发现，这块胎记原来也这么迷人。

男人说："说起来我还得谢谢这场灾难，要不然我真的就永远失去了你。"女人有些不懂地问："我不是好好地回来了吗？"男人说："我心中原本也有场灾难，可一遇到真的灾难，便烟消云散了。"女人用粉拳敲打着男人的胸膛："说什么呢，大好的日子。"

男人轻轻抿了一口酒说："是真的，这场惊吓让我知道自己要的是什么，也正是因为如此，我才得到了我所要的幸福。"

女人抬头看着他，男人狠狠亲了她一口，有些醉意地说："你的胎记，真美！"

玫瑰从来不慌张

最美的玫瑰不是开在你面前，

而是盛开在你心里，

融化了一切苦难和风霜，

唯留下希望和芬芳。

自从剧组离开这个小村庄后，她也就跟着消失了。16岁，含苞待放的年龄，她疯狂地迷上了影视，她对所有的人说，她要成为一个明星，她要成为有钱人。所有的人对此都嗤之以鼻，因为她没关系，也不认识影视圈的任何人，但她在剧组到来之时语出惊人："现在就是最好的机会，我一定会把握的。"

她真的去找导演了，导演是个五十多岁的老男人，长得又矮又胖，可是她不介意。导演在这个村里待了三天，她就去看了三天，只是远远地站在人群后面，好几次，她都想拨开人群，跑过去，大胆地说，导演，你能让我演戏吗？但是她还是退缩了。终于在拍戏结束的那天晚上，她鼓足勇气敲开了导演的门，手中还带着一束玫瑰花，那是她亲手种植的。

出来的时候，她脸上一片泪花，可神情间又充满了憧憬。

第二天，她便和导演一起消失了。好事的人说她做了导演的情人，还说她爱慕虚荣，品德败坏，她的母亲也因此气得一病不起。她离开了三年，谣言也在这个小村里飘荡了三年。

据说，有人在电影里看到她了，虽只是一个配角，但她演得很投入，还有人说在哪个酒店里看到她穿得花枝招展的，和一个男人亲密出入。

再后来，她衣衫不整地回到了村里，全身上下都是伤。人们这才知道，她跟导演跟了半年，演了两个无足轻重的角色，便被抛弃了，后来又跟了一个做生意的，本来准备结婚的，可是那人在外面又有了新欢，去争，结果被新欢喊来的混混痛打了一顿，便成了现在这个模样。

她不敢回家，家人早就放出话来，和她一刀两断。她找了个废弃的小屋，草草收拾了一下，便是新家了。她很少出门，村里人看她的眼神都是怪怪的，更有一些地痞找上门来，开口便是多少钱一次，都被她用扫把打出了门。

她是个喜欢花的人，从十岁起就在屋前屋后种满了玫瑰，她说，她喜欢玫瑰的热情和奔放，敢作敢当。

她曾偷偷地回了趟家，那些芬芳的玫瑰早已被父母剪了个精光。她只好在小屋的前后重新种植起来，可总是前一天种了，第二天便被人拔了，后来才知道这是村里人的恶作剧，好事的人还给她编了一首很难听的歌谣，即使是那么冷静的她也被气得差点吐血。

一气之下，她准备悬梁自尽，刚蹬开凳子，就被人救了下来，是邻村刚从深圳打工回来的顺子救了她。她醒来时，看见屋前屋后全部都被玫瑰包围了。

后来，玫瑰越来越多，山上山下都种满了玫瑰，等花开的时候，整个小村都被笼罩在火红的海洋里。

她是在玫瑰盛开的那一天嫁的人，新郎就是救她的顺子。顺子说，听了她的故事，他是辞掉了工作赶回来的，幸亏来得及时。顺子说，哪个人没有梦想，去追求了，就算是失败了仍然可以从头再来。顺子还说，知道她喜欢玫瑰，他就买了好多回来栽，希望能用这一株株芬芳的玫瑰，给她千疮百孔的心疗伤。她扑到顺子的怀里哭了，他也跟着哭。她说："和我在一起，你太苦了。"他说："你才真的苦，可是不要紧，一切都过去了，前面的光明大道才是我们要走的路。"

后来，他们干脆开了家玫瑰农庄，因为那些玫瑰，前来旅游的人络绎不绝。

她说，玫瑰从来不慌张，说这话时，是十年之后，她已是两个孩子的妈妈。她经常会跟游客讲自己和顺子的故事，她的脸上热情奔放，丝毫看不出她有着苦涩的过去，凡是到她家坐的人，她都会奉上一杯热气腾腾的玫瑰茶。

她说:"最美的玫瑰不是开在你面前,而是盛开在你心里,融化了一切苦难和风霜,唯留下希望和芬芳……"

谁会给你削菠萝？

如果你哪天想吃菠萝了，

可以找我，

我的号码 24 小时为你服务。

从小，她就喜欢吃菠萝。

喜欢那种酸酸的感觉，含在口中，甜在心里。

却不常吃，不是不爱，只是因为削起来，太过繁琐，一不小心，便弄伤了自己的手指，疼一次，心就害怕一次。

后来，认识了他。他是她的学长，都是老乡，第一次见面便相谈甚欢，他经常带她一起去校门口买菠萝。她眼睛一扫，便知道哪些圆润，哪些青涩。回到寝室，他小心地削着，他的动作细致而温柔，一如他的性格，削下来的菠萝，泡在盐水里，再一片一片喂给她。那段时间，是她最开心快乐的时候。

毕业后，她通过相亲认识了一个叫云的男子，高大威猛，家境也好。她觉得生活也应该要有所追求，而他除了会给自己削菠萝外，给不了自己想要的生活。于是，很自然地离开了他。他也不怨，只是期待地说："如果你哪天想吃菠萝了，可以找我，我的号码24小时为你服务。"

很快，她就发现，云的目光始终飘向远方，他对自己也好，只是那种粗犷型的好，她要买什么，他便给她买什么，却不曾为她削过一个菠萝，每每提及，他便不耐烦地说，我一双做生意的手怎么可能去做那些琐碎的事情！留下一脸惊愕的她，转身离去。她至此才知道，这个男人的心并不是只属于她的，在他的周围，还盘旋着许多个和她当初想法一样的人。

无次数争吵后，她带着一颗受伤的心离开了这座小城，在一个没人认识的地方，从头来过。一个电话后，他便请假过来了，带着一袋子的菠萝，温柔而细致地剥着，然后一片片带着盐香的菠萝便送到了她嘴里。她突然把他抱住，泪流满面，原来，幸福一直就在她身边，只是她充满物欲的眼睛，一直未曾看到。

她送他离开的时候，他还是那句话："如果你哪天想吃菠萝了，可以找我，我的号码24小时为你服务。"

他除了会给她削菠萝外，也许给不了她想要的物质生活，可是如果一个人连菠萝都不愿意削给你，他又能给你怎样的幸福？

至此，她才真正懂得爱。

爱是一种习惯

当关心变成了一种习惯，
便发现彼此无法分离。

他们是在一次朋友聚会上认识的，他对她一见钟情，便有了娶她的想法。

他知道她异性朋友多，而他不是最帅，也不是最有钱的那个。他的工作普通，经济上也只勉强维持生计，她的家人都说，他们不合适。他的朋友也极力反对他们来往。

但是他爱她，对于他而言，这已经足够了，其他一切都不重要。

他从不干涉她的私生活，只是每天提醒她早点回家，天气变化前提醒她注意添减衣服，还时常买些水果送到她办公室，电话里也总是那么几句：有什么烦心事，我帮你解决，千万别亏待了自己。

就是这么些不浪漫的话却常常温暖着她孤独的心。

她的工作需要经常出差，他总会给她买好零食和杂志，回来时也会第一时间去接她。

她心情郁闷的时候，他会扮小狗叫，扮猪爬，或者说些他从网上背来的笑话。

知道她喜欢"偷菜",他便申请了一个新号,那里面只有她一个好友,把菜种得满满的,只等她来"偷"。

他会每天都去关注着她的空间,一有什么变化,便恰到好处地出现在她的身边。

如果没有一份真挚的投入,是无法做到这些的。后来,他们便结婚了,在婚礼仪式上,她只说了一句:当关心变成了一种习惯,便发现彼此无法分离。

可见,爱是一种习惯,只有毫无保留地投入,才能得到想要的幸福,任何自私对彼此都只是一种伤害。

第三章
你若不离不弃，我必生死相依

很多人都以为生活中只要有爱就足够了，其实，婚姻要的不只是爱，还有责任、尊重和欣赏。一个优秀有才的男人，找一个以自己为中心的女人很容易，而找一个懂得经营自己的伴侣才是旗鼓相当的。婚姻其实也是场较量，只有棋逢对手，才有更长久的快乐。

30秒，是相守一辈子的理由

只要能看着你，守护着你，

能跟你一起活着，

我什么都可以承受。

灾难说来就来，没有任何预兆。

男人受伤了，上工地时，钉子不小心扎进脚心里，他正在租住的民房里休息。

"轰"的一声巨响，男人从睡梦中惊醒过来，男人愣了一下，看看四周，他第一反应就是，火灾。男人顾不上脚上钻心的疼，只穿着内裤就往外面跑。

院子里到处都是惊慌失措的人，哭声、尖叫声乱成了一团。男人看见滚滚浓烟从隔壁院落里腾起老高，蹿起的火苗迅速染红了天空，救命的哭泣声在烟火里翻腾起伏。

男人似乎听见了女人呼唤他的声音。

来不及多想，男人一脚踢开隔壁院落的大门。疼，剧烈的疼痛让他一下子摔倒在地上。挣扎着爬起，男人看见一个小孩从火海里冲出来，头发被大火烧着，浓烟呛得他身体严重变形。

有人抱着棉被跑过来，有人拨通了119，有人提着水桶还想往里面冲。

然而巨大的火苗让所有人都不敢前行。

男人想起了女人，他想起女人出门时就是往这个院子方向走的。

男人着急起来，喊女人，没人应。男人心急如焚，再喊，没人应，再喊，没人应，还喊，还是没人应，继续喊，喊，喊！

男人不顾一切地向前冲，可是火势太猛了，一团巨大的火球向他席卷过来，男人只好往后退。透过火球的间隙，人们看见了房间里面摆放的两只液化气罐。

"液化气罐就要爆炸了，不能再进去了，太危险，大家快撤！"人群里有人尖叫起来，接着大家一窝蜂地往外面跑，没人再理会他，他一个人孤零零地站在院落里。可是里面确实有人，他分明听见了孩子的哭喊声。

泼水，裹着棉被就往里面冲。男人担心女人的安危，他不敢有丝毫懈怠。这几天，男人和女人一直处于"热战"中，为父母，为儿子，为生活，每天都在无休止地争吵。闹到最激烈的时候，离婚就成了必须面对的话题。

她说："离就离，房子和家产都归我。"说完扭头就走。

男人也以为他对女人没感觉了，只是在火灾发生的刹那，他分明感觉到了女人对自己的重要。如果，女人出了事，这辈子，男人都没办法原谅自己。

从冲进大院到跑进火场，他用了仅仅 15 秒，他就那么光着脚冲进去，没有丝毫的犹豫与胆怯。一切都在瞬间，从外面又折回来的人们被吓呆了，没人喊，没人叫，大家都只是惊恐地看着，屏住呼吸地望着。

棉被一下子就燃烧起来，男人感到了火辣辣的疼，灼热的火舌不断向他席卷过来，更要命的是，一截房梁倒了下来，不偏不倚地打在他的后背上。男人扑在地上，他感觉骨头就像散了架一样，疼痛难耐。那一刻，男人感觉到了死亡的气味。可是，他知道自己不能倒下，他的妻子还在等着他，邻居家的孩子还在等着他……

男人挣扎着爬起来，跨过随时可能爆炸的液化气罐，继续往里面跑，他边跑边喊女人的名字，还是没人应。

在最里面的小屋里，男人隐约看到躲在水缸旁的两个小孩，没有女人。男人来不及思考女人会跑到哪里去了。救人要紧！他连人带被往水缸里一跳，爬起，一手抓起一个，就往外面跑。

刚跑了几步，棉被就滑落在地，顾不得捡，男人继续往外面跑。火势越来越猛，屋子有随时倒塌和爆炸的危险。外面的人们不敢再救火了，纷纷退到院子外面，揪心地盯着大火里的那张门。

15 秒后，男人抱着孩子，终于跑了出来，一米，两米，三米……

人们这才发现男人的头发已经变成了焦黄，内裤也烧得剩下了一半，而地上是一条殷红的血迹。

人群中不断有人跑过来给他送鞋，送绷带，送衣服。而男人的目光始终在不停地搜索。蓦然之间，男人看到女人跟随着一队消防官兵跑过来。

男人被扶上了担架，送往医院，女人跟随在后面，一直握着他的手。十秒钟后，传来一阵震天巨响，被烈火焚烧许久的液化气罐终于爆炸了。

医生说男人要在医院里躺半个月，他的身体有百分之五十被烧伤。

男人是到医院三个小时后才醒过来的，女人一直紧握着他的手，从没有松过。

女人满脸泪水，说："我本来是到隔壁家借钱，可想到你的种种不是，我就恨，我出来了，改去法院……爆炸的那瞬间，我怕你有事，我给你打电话，一直打，没人接，我就往回跑，摔倒了无数次……要是你因为我出了事，我这一辈子都不会原谅自己。"

女人抱紧了男人，心疼地问："要是我不在里面，你还会一如既往地冲进去吗？"

男人缓慢地说："会，不仅仅因为你，还有孩子，他们是未来的希望，我别无选择。"

　　女人流着泪，点点头。女人说："我知道你一定会去的，正因为这个，我才更在乎你，更担心你。生命遇到灾难的刹那，我才发现能和你在一起是多么的幸福。哪怕是天天吵架，哪怕你再在救人中受伤，哪怕你变成了残废，只要能看着你，守护着你，能跟你一起活着，我什么都可以承受。无论贫穷、疾病、苦难，都不能再把我们分开，你知道为什么会这样吗？"

　　男人摇头。

　　女人哭着说："这 30 秒，是我们相守一辈子的理由。"

爱是两个人的修行

> 爱是一种修行，
> 没有张扬，低调而从容，
> 它藏在所有爱侣们的心中。

有一个男人每天都在公园里散步，瘦、黑，衣着朴素。他每天清早就到了，手里还提着一台老旧的收音机，走完两圈后就在一排石凳上坐下，或听听收音机，或拿出纸笔，写写诗歌。

他的身后，跟着他的妻子。据说，女人是他的学生，毕业后就跟了他，女人每天出来都会把自己打扮得漂漂亮亮的，男人写完诗歌后，女人照例会轻声朗读起来，不妥处，男人便及时修改。夏天，男人出来的时候，手里总会拿着一盒冰淇淋，那是给女人准备的，女人喜欢吃冰淇淋；冬天，男人就会带把伞，男人怕刺骨的寒风会让女人感冒。

有次我去上班，正看到男人走进公园，是寒冬，天空还飘着小雪，男人关切地对女人说："快回去吧，别冻着了。"女人却还是跟着，说："就差一篇文章了，等你写好了，我就回去。"

　　走到半途，女人突然放下伞，朝一片积雪走去。很快，一个雪人在她手里成形了，男人也迅速掏出纸笔，一篇诗歌完成后，男人立即跑上前去，给女人擦雪。女人笑了，享受地闭上眼睛，男人的动作，似阳光，轻轻划过女人心房。

　　那一刻，我看着他们陶醉的神情，不由得呆了。男人去洗手间的时候，我忍不住和她聊起来，才知道结婚十年来，女人一直这样陪着男人散步，给男人读诗。我问："你也喜欢诗歌？"女人摇摇头说："不喜欢，但是因为他喜欢，我也学着去喜欢；同样，他怕吃辣椒，但因为我喜欢，所以每餐都放得很辣；他怕狗，但我喜欢养狗，他就咬牙买了一条牧羊犬……这些年来，和他的付出相比，我这些又算什么？"

　　我想，他们的爱情中或许没有什么跌宕起伏，有的只是平淡和宁静，可这份安详才是真正的浪漫。男人因为女人，有了包容和担当；女人因为男人，有了迁就和跟随。但在他们心里，一定是载满爱的。

　　爱情，本来就是两个人的修行。就像那个看上去瘦黑的男人，爱着呵护着他的女人，就连散步也想着女人的安全；就像那个女人，默默跟随在男人的身后，十年来如一日，没有张扬，低调而从容，两颗心彼此包容、滋养着，蓬勃生长。

经得起风雨，也经得起平凡

那是一段痛苦却执着的日子，
信念成了我们不能倒下去的唯一理由。

她是个很小资的女子，吃饭都是在咖啡馆，逛街都去大商场，但自从与我相恋以后，她就彻底变了。她说，我就是她小资生活的终结者，这点，我深信不疑。

那是在 2005 年，我开始创业，她把所有的资金都放在我这里，跟着我，义无反顾。那年秋天来得特别早，秋天的萧瑟很快弥漫了这座城市，我的事业也遭遇了滑铁卢。

我只好把新买的房子卖了还债，我和女友搬到了郊区的一所小房子里，10 平方米，一台破旧的电视机是我们唯一的家电了。为了省钱，我们都是在黄昏的时候去菜市场淘最廉价的菜，从公司到小家的 10 里路都舍不得坐车。整整两年，我们就那样坚持着。

那是一段痛苦却执着的日子，信念成了我们不能倒下去的唯一理由。

有一次，她感冒了，我背着她去五里外的诊所，等到达的时候，才发现她伏在我背上睡着了。我不敢惊醒她，买了药，才慢慢走回来，小心把她放在床上凝望着。她明显瘦了，一张原本漂亮的脸，此时已憔悴不堪，在她的衬衣上，我发现了一块缺口，那是她剩下的唯一算完整的衣服了。这些年，跟着我起早贪黑，搬这搬那的，再好的衣服也都磨烂了。

取出针线，我小心地缝补着，我怕吵醒了她。缝好了，我又去市场买了二两肉。这些年，她跟着我，太累了，我内心愧疚。

才买回来，放在桌子上，我就发现一只老鼠爬了上去。在床的角落有把扫帚，我小心地拿着，朝它挥舞着，但老鼠对我的示威并不理睬，也许它好久都没吃饱了，闻到点肉香，大白天地也跑出来。我只好走到桌子旁，就那么站着，老鼠这才退缩了一点，但它不肯跑。

一人一鼠就那么对峙着。

我站在那里，像士兵一样，紧紧地守护着那块肉，焦急着、矛盾着，突然间，我对自己有了一种深深的恨。如果不是投资失败，她就不会跟我受这么多苦。

那个萧瑟的秋天，我站在一只老鼠的前面，有了一种惭愧的感觉，对她，对爱情。那个晚上，我给她炖了一碗飘香的肉汤，她吃得很香。

此后的每个晚上，我都会买上一两肉，只为给她炖一碗新鲜的肉汤，那是我对爱情的补偿，其实，我知道，什么也补偿不了。

第三年的时候，我的公司终于扭亏为盈，我们终于不需要住 10 平方米的房子，也不再为一件破损的衣服而绞尽脑汁，但我仍然保留着每天给她炖一两肉的习惯。

我觉得，那些在贫穷岁月里保留下来的习惯，对她，对我，对我们的爱情才是最大的价值。

那件带补丁的衣服，她也一直保留着。

找个懂你的人

婚姻，

就是找一个可以一起过日子的人，

那个人可以不帅，

但一定是懂你的人。

去拜访一位朋友，朋友在出版社工作，妻子是护士。进门时，他妻子刚下班回来，为了不打扰妻子休息，朋友轻轻关上卧室的门，又把我拉到他的书房里，关紧门，这才舒了一口气。

那天下午，朋友和我说话总是细声细语的，这和我认识的嗓门大、性格豪爽的他简直判若两人。看我惊疑的表情，朋友笑了：你觉得奇怪吧？其实也没啥，妻子这段时间睡眠质量很不好，我实在不忍心打扰她。

等到妻子醒来，已经是晚上八点了，朋友刚把饭做好，他笑着说："结婚五年了，我闭着眼睛都知道她要睡几个小时。"

朋友和他妻子是大学同学，因为共同喜欢文学而走在了一起。刚结婚时，两个人也因为工作时间的不同闹过矛盾，可是每当看到妻子疲惫不堪地回到家，还要买菜煮饭，他的心就软了，主动承担了家务。

朋友喜欢写作，经常会写到凌晨一两点，妻子就给他泡咖啡、煮夜宵，还经常帮他看文章，提出修改意见，甚至为一个词语的用法讨论半天。她懂他，所以把他侍候得跟宝贝一样；他也懂她，所以在妻子休息的时候，他不忍心打扰。等到妻子快醒的时候，他才把饭做好。因为懂得，虽然有些小摩擦，但一直恩恩爱爱，年年都被评为小区的模范夫妻。

对于婚姻，朋友总结说：婚姻，就是找一个可以一起过日子的人，那个人可以不帅，但一定是懂你的人，这才是最重要的。他能够原谅你的错误，当然，你也应该原谅对方，并且包容和理解对方，这艘同命船才可以修得百年而不沉。

朋友无疑是睿智的，他知道，找一个爱自己的人是不够的，因为爱是盲目和非理性的，而恋爱和婚姻毕竟不同，一旦恋爱的光环褪去，剩下的就可能只有不满和抱怨。而一个懂你的人不仅是爱你的，还会包容、理解、支持你，拥有这样的爱，即使时光老去，爱的温度也不会降低。

爱，其实很简单

老爸老妈的婚后生活，
平凡而忙碌。
在平凡中，
却有种种微小的幸福。

一直以为老爸老妈那个年代的人没有爱情。

老爸老妈可不这样认为。

老爸老妈都是 60 年代的人，他们是校友关系，不过，老妈说这是她后来才知道的。

老妈经常带着一脸幸福的笑容，说老爸当年如何如何追她的，老爸听到了，马上反驳："哪里是我追你啊，是你死皮赖脸赖着我啊。哎，当时如果不是看你可怜，我早就跟某某……"

其实，在我小的时候，记得老爸酒后说过，老妈年轻的时候，确实长得很美。

在我的一再要求下，老爸终于说起了当年的故事。

那时，老爸家里很穷，老妈家里是在一个镇上开小店铺的，还算有点小钱。老爸天天骑着他那辆"二八"自行车去老妈家买盐，每天买一包，就是为了多看老妈一眼，引起老妈的注意。可老妈压根没注意到这个穷小子，只是觉得这个人真有意思，天天买盐。

后来，老爸天天买盐，家里的盐越来越多，也不是一个办法。于是，他托表姐拿了一件衣服去请老妈缝补。老妈那时在自己店铺的隔壁开了个缝衣服的店。衣服是老爸故意撕开的，在口袋里还装了一封厚厚的情书。

老妈知道老爸的心思后，告诉了家里，外婆不同意，因为媒婆给老妈介绍了一箩筐帅小伙，个个都比老爸家里有钱，有一个还在政府工作。

老爸还是天天来老妈家，帮老妈家挑水、搬货物，干的都是最重的活。每天累得大汗淋漓，还一个劲地对着老妈傻笑。外婆劝他："别来了，小伙子，你家太穷了，我不会让我女儿受这个苦的。"老爸像是听不懂似的，还是天天来。

在不懈的努力坚持下，老爸和老妈终于走到了一起。

老爸老妈的婚后生活，平凡而忙碌。在平凡中，却有种种微小的幸福。

每天起床后，老妈的牙刷总是被挤上了牙膏。

每次老爸出差回来，总给老妈买一件新衣服。老妈总说，我有好多衣服，别浪费钱，但我分明看出老妈一脸的幸福。

老妈总对我们说，记得长大后要多孝顺你老爸，他是一个从小就没有妈妈的人，受了太多的苦。

因为操劳过度，老妈身体一直很消瘦。为了老妈更健康一点，老爸想尽了办法，一天宰一只鸡，后来干脆自己种牡丹。再后来听说鸡冠花熬瘦肉汤吃，滋补，便在门前的小院里种满了鸡冠花。

老妈看着娇艳艳的鸡冠花，满脸的幸福。

现代人常常问，爱情是什么？到底什么是爱情，什么是幸福？我想，爱情就是老爸给老妈挤的牙膏，爱情就是老爸为老妈种的鸡冠花，爱情就是老妈身上那件新衣服，爱情就是老妈对老爸的唠叨……

其实，他们的爱情很简单。

奢求别人，还不如投资自己

> 健康的婚姻，应如同行船，
> 共同用力，齐心协力，
> 没有谁是主角，谁是配角，
> 谁都不可或缺。

慧慧是我的一个邻居，父母都是企业工人，因为家境不是很好，父母从小就给她灌输"做得好还不如嫁得好"的道理，所以，她从小就向往着能找一个既帅又有品位的金龟婿，这个念头，越长大就越强烈。

大学那几年，确实有不少优秀男生追她，她也相处过几个，只是没一个能坚持到两周，因为每一次她都是戴着"有色眼镜"看人。久而久之，都不了了之了。

毕业之前，为了嫁个富二代，她到处奔波于各地的富豪相亲会，路费倒是贴了不少，只是没一个成功。我曾对她直言不讳："就算能成功钓到金龟婿，你的生活也不会幸福。"她很诧异地看着我。我说："豪门深似海，你不是不明白。就算你进去了，有了优越的生活条件，一段时间你满足了，可是婚姻毕竟不是一天两天的事，你能忍受一辈子没有工作，没有交际圈的日子？"她摇头。我又问她："你能忍受你的男人不止拥有你一个女人？"她再次摇头。

不知什么原因，当代的成功男士，大都喜欢把自己的妻子雪藏起来，让她们以为自己过着幸福的小女人日子。殊不知，这只是男人精心编织的一张网，家中红旗不倒，外面彩旗飘飘，这才是他们的终极目的。

只是慧慧没有听我的，毕业后在一家小公司做职员，除了上班，就是继续她的猎富计划，一不小心，她就跨入了剩女行列，这才急了，数次求助于我。我只说，与其再这样荒废你的年华，还不如好好地投资你自己。因为没条件，所以想找个有钱人，等你有了一定的经济基础后，你会发现，其实你的生活只缺一个好男人。

后来，慧慧辞掉了工作，自己开了家美甲店，靠着苦心学来的技艺，两年内，她店的规模扩大了几倍。七夕前夕，慧慧突然兴奋地告诉我，她交了个男朋友，年底就结婚。对方是个老师，才工作，没车也没房。

闲聊时，我笑她："这样没经济基础的男人你也敢嫁？"慧慧笑了："他现在是没什么，可是不代表他将来没有，而且他人好，会疼我，跟着这样的男人，就算苦一点，我也心甘情愿。"

苏格拉底曾对他的弟子说过：与其去奢求别人，还不如投资自己。我想，一个懂得不断投资自己的女人，才会接近婚姻的实质。毕竟，一段健康的婚姻，应如同行船，共同用力，齐心协力，没有谁是主角，谁是配角，谁都不可或缺。

现代女性对婚姻质量的追求每天都在变化，但是有什么关系呢？只要你懂得投资自己，武装自己，不去奢求天上掉下一个完美男人，你就会去努力生活，用心经营自己的日子，当然，包括爱情，也包括婚姻。

男人现实起来更可怕

都说现代社会的女人很现实，
但男人现实起来更可怕。

　　好友敏敏突然高调向大家宣布，她找到了一个好男人，是别人介绍的，因为双方都是以结婚为目的进行交往，所以相处得十分融洽。

　　对方是个生意人，勤劳又上进，敏敏年纪已经不小了，大家都希望这次能开花结果。

　　敏敏以前也处过几个男友，但无一不是以不合适为由分手的。上一任男友是个老师，那时，敏敏还在一所乡村小学里做代课老师。她曾天真地以为自己找到了真爱。结果，却在西餐厅遇到了那个老师和一个妙龄女子有说有笑。善良的敏敏选择了秋后算账，男人开始还不承认，等她把所有的证据都摆到台面上后，男人便沉默了。

　　"让女人最伤心的分手，是男人的现实。"敏敏哭着说。

　　现在敏敏考上了公务员，成了乡政府的工作人员，但是她的恋情并不稳定，她说："让我最不可忍受的，是他说我们不合适。"这位生意人去了一趟她家后，便选择了慢慢淡化与她的联系。尽管她很主动，尽管她不止一次暗示，他们的未来，她会与他一起奋斗，但她的爱情鸟还是越飞越远。

几个月都没见面，敏敏只好直接问他："你是不是想和我分手？"

电话那头只有沉默。

"告诉我，是不是因为我做得不够好。"

"不，你已经很好了，是我们不合拍。"

"你不要再坚持了，再坚持也没有意义。"我告诉她，"那是因为你和你的家境让他退缩了，他想找一个富贵女，这样，他至少可以少奋斗十年，为了这十年，他宁愿去等待也不愿意和你相濡以沫。"

都说现代社会的女人很现实，但男人现实起来更可怕。女人的现实，只要遇上喜欢的人，所设的框架都可以烟消云散。但男人不会，男人会理性地考虑自己的婚姻，一旦不符合自己的预期，即使对方为人再好，也会毫不犹豫地选择放手。

我有一个朋友，今年都 37 岁了，女朋友都换好几个了，一直都没有结婚，就是因为至今没遇到能符合他条件的女人。还有一个朋友，自身条件也不错，娶了个有钱的女人，虽然物质上富裕了，但因为没有共同语言，日子也过得极不愉快，三天一吵，五天一闹，吵架成了家常便饭。

　　男人现实的理由有多种，比如金钱，比如工作，比如距离。不过，就好像买东西不看质量只注意价钱一样，越现实就越容易忽略婚姻的真谛，结果就与幸福越来越背道而驰了。

至少我还是你的温暖

虽然冬天的温度仍在下降，
但我们的爱情却在升温。

追女孩的时候，男孩是费了一番苦心的。那时，女孩是名牌大学文学社的社长，写得一手漂亮的文章，她的文字不知征服了多少男生的心。而男孩不过是学校食堂里的员工，没读过大学，可是女孩偏偏无可救药地爱上了男孩。

大四那年，男孩的家中发生了变故，必须回到那个穷山坳里。女孩在和家人大吵一架后，跟着男孩回到山坳里做了个乡村教师。男孩对女孩说："相信我，一定会好起来的。我一定会让你过上幸福的日子。"女孩点点头说："我信。"

家庭的变故使原本不太富裕的家雪上加霜，更加糟糕的是家里已经负债累累。那段时间，白天，男孩在外面拼命奔波，只要是能赚钱的事他都会去做，不管有多累多辛苦。有时一整天都不回家，留下女孩一个人守在那个阴暗潮湿的小屋里。女孩了解他，从不抱怨，知道他所做的一切都是为了他们的幸福。

每天晚上回到家，不管多么累，男孩都会在房里看一会儿书，很晚才睡，这是女孩在大学里教他的。想起以前的日子，男孩不免有些伤心。

因为他发现女孩不再像大学里那样浪漫、奋斗了。从晚上睡觉这件事就可以看出来，男孩记得，以前无论多晚，女孩都会读读书，写写文章，再睡。这样的细节，曾经令男孩多么的感动和自豪。而现在女孩总是一个人早早地睡了，书也不读，文章也不写了。更糟糕的是，他发现女孩好像故意躲着他似的，睡觉的时候，再也没有那些情话了。等到他上床的时候，女孩总会转过身子，移到另一个地方。终于有一天，男孩忍不住了，他问女孩为什么对他冷淡起来。女孩先是一愣，才讪讪地说："最近没什么事做，想早点睡。"

男孩并不怪她，他认为是生活的苦难改变了女孩。那以后，他更加玩命地工作，想让女孩早点过上幸福的生活。终于有一天，男孩再也撑不住了，他病倒了。躺在床上，他百无聊赖，偶然看到床垫下有一封未发出去的信。他犹豫了一下，打开，慢慢读着，读到这样一段：

最近他问我，为什么老是很早就睡了，还对他很冷淡。我说谎了，我是怕他伤心。

　　这个山坳里的冬天特别冷，但我知道，在我上床睡觉以后，床上的温度就会上升，这样他就能温暖一点，这才是他上床后我转过身子的原因。

　　在这个寒冷的冬天，即使我什么都不能给他，我想至少我还是他的温暖吧。

　　看着那些滚烫的字眼，男孩的眼睛迷糊了。他想，虽然冬天的温度仍在下降，但他们的爱情却在升温。

铸造一道爱的防火墙

要紧的是，相爱的两个人都彼此信任，

不离不弃，用爱和信任铸造一道爱的防火墙。

他是一个老实厚道的小小公务员，她是一个肝火旺盛、口齿伶俐的女子，谁也不曾想到他们会走到一起。

十年的婚姻，一路磕磕碰碰走来，唯唯诺诺的他在她的霸道下更显沉默，她倒更显张扬。原以为日子就这样熬下去，可是一切都被一张纸条给搅乱了。

她张牙舞爪地质问那个女人是谁。家被她这么一折腾，像是原子弹爆炸似的，让人无法招架。多年的压制，让他再也无法忍受，全然不像平时老实憨厚的他，收拾衣服，拖着行李箱，"嘭"的一声，只留下门后气势汹汹的她。

看着这一切，她突然傻了眼，一切都不在自己的控制之中了，深深的恐惧充斥着脑海。她想，他在外面肯定有了别的女人，一定比自己年轻漂亮，不然他不会判若两人，想着想着，便号啕大哭起来。

哭累了，心想着一定要捉奸在床，怎能便宜了他们。于是，她和朋友出谋划策，一切准备妥当，她们偷偷地跟踪在他身后，来到一家咖啡厅，远远地守望着，只等着那位女子的到来。时间滴滴答答地在流走，突然觉得短短的十来分钟，像一个世纪那么漫长。她的心像一面鼓一样"咚咚"地敲得直响，她怕面对，她怕自己被比下去，虽然她也曾杨柳细腰，明眸皓齿。可是，容颜终究抵不过时光的流逝。一种深深的自卑溢满心头。

终于来了，结果却在她的意料之外。他看着那位女子坐下，然后和自己的老公径直朝她们走来。原来他们早知道她在这里，她顿时脸上写满尴尬和诧异。怎么可能，那位在她脑海中构思了千万遍的年轻美貌的女子竟是一位六十多岁和蔼可亲的阿姨。她还没来得及说话，那位阿姨便朝她笑着说道："我和你老公是在河边散步的时候认识的，他经常向我吐露自己的烦恼，久而久之我们就成了忘年交。我觉得婚姻是两个人的同命船，不管十年同船也罢，六十年同船也罢，苦难总是在所难免的。要紧的是，相爱的两个人都彼此信任，不离不弃，用爱和信任铸造一道爱的防火墙，因为爱而坚持，因为爱而与自己的爱人患难与共，共同面对生活。"

那位阿姨的话字字句句敲打着她的心，她想着自己曾经的所作所为，惭愧地低下了头。

他过来牵她的手，她任由他牵着，泪水淌了满满一脸。

婚姻也需棋逢对手

婚姻就好比二人转，

谁都是主角，

如果你爱着对方，

就理应主动去适应对方，包容对方。

认识一位朋友，是一家公司的老总，人长得帅气，性格也豪爽。他还喜欢戏剧，闲暇时，总会看到他独自一人在公园里练唱。

日子过得紧凑而充实。

当然，他还拥有一份让人羡慕的婚姻。妻子是一家公司的业务员，有能力，人又长得漂亮，脾气又好，结婚这么久，两个人还没有因为琐事红过脸。

唯一不如意的是他们的工作，两个人都那么忙，好不容易挑个时间吃顿便饭，不是他中途退场，就是她临时有事。其实，他们的家庭并不缺钱，他也多次劝过妻子："别那么辛苦了，辞职了，我养你。"她就笑："我不喜欢在家里窝着，我喜欢与人打交道，如果让我窝在家里，迟早会憋出病来的。"

"婚姻的意义是什么呢？就是一个词，相濡以沫！"朋友说，"如果连对方喜欢做的事情都不支持，那还谈什么天长地久呢？"

"可是你这样快乐吗？"

"那当然了，"他笑笑，"只要她有呼唤，我都会第一时间出现，给她送资料，接送她上下班，我很乐意做她的专职司机。"

"难道你没埋怨过？"我继续问他。

"说实话，没闹过情绪肯定是不可能的。"朋友给我倒了杯茶，接着说，"但我的看法是，婚姻就好比二人转，谁都是主角，如果你爱着对方，就理应主动去适应对方，包容对方。"

"所以，结婚以来，你一直都是这么做的？"

"是的，"朋友点点头说，"当然，也不是只有我迁就她，她也经常迁就我。记得有次她父亲生日，我刚赶到她父母家，业务就来了，我就得赶紧走，一分钟都不能多待，我只好对他们说抱歉，她也不生气。我常想，夫妻间的理解是相互的，你在给对方一片晴天的同时，也灿烂了自己的天空。"

正说着，他的手机响了，放下电话，朋友摊摊手说："现在我妻子成了主管，工作更忙了。你也听到了，她今天连回家吃饭的时间都没有，可是这又有什么关系呢？她不在家，可我还在，我照样能把这个家弄得温馨和舒适。"

我点点头说："我相信你们很幸福，并且我更相信，你们的这种幸福是建立在互相尊重和欣赏之上的。很多人，都以为生活中，只要有爱就足够了，其实，婚姻要的不只是爱，还有责任、尊重和欣赏。一个优秀有才的男人，找一个以自己为中心的女人很容易，而找一个懂得经营自己的伴侣才是旗鼓相当的。婚姻也是场较量，只有棋逢对手，才有更长久的快乐。"

　　婚前情投意合，婚后彼此尊重和欣赏，我想，真正幸福的夫妻，应该都是这样的吧。

一个人的独角戏

> 婚姻不只是一个人对另一个人的付出，
> 而是两个人的共同经营，
> 两个人都是主角。

她是个如风的女子，每天如风一样出去，又如风一样飘回来，她的身后跟着太多的追求者，只是她从不正眼瞧他们。

直到有一天，她停住了奔跑的脚步。那是一个很干净的男人，有着体面的工作，殷实的家境。认识他的人都说，她配不上他，他太强。

就为了一口气，她嫁了。

结果，他对她出奇地好。

下班，他总会提前出现在她的面前，把一盘盘热气腾腾的佳肴摆在桌子上，全是她爱吃的，没有一盘是他珍爱的辣菜。她却没有感动，她想，或许天下的男子都如此吧。

她怕热，一到夏天，稍微动一下，就是满头大汗。他说买个空调吧，就真买了。她把温度调到十五度，他在被窝里冷得直发抖，可他还是一直不停地说："不冷，不冷。"夏天就这么熬过来了。

两年就这么过去了，他对她依然如初，只是她的心越来越淡。也许她并不是个甘于平淡的人，她如花的心房里，叛逆在一点一点地滋生。是的，婚后的生活总是没有鲜花和掌声，两年的岁月洗涤，她对他的讨厌越来越浓，搅得她恨不得甩手离去。她经常想，这个秋天，总要发生点什么吧。

于是她就去上学了，她没读过大学，凭借他的关系，她终于如愿以偿。

学校是个很出名的全日制大学，走在笑声如潮的校园里，她成熟优雅的打扮，成了一道独特的风景，也引来了众多的倾慕者，其中不乏俊杰。

她总把自己的年龄和过去藏得很深，深得只有她自己知道。她在众多追求者中小心地游弋着，然后目光停在了一个书生模样的男生身上，是他们的班长，高高大大的一个阳光男孩。她叫他石头，从认识的那刻起，两个人一直用短信交流着。情愫开始在她的心底一点点复苏，不得不说，爱是让人年轻的神奇药物，那一阵，她突然觉得自己风华正茂，青春无限。

而家里的那个男人，相比之下普通得就像尘埃。她任凭自己这样陷下去，只因为他说过，我爱你，无论你多大。

他说过，我控制不住自己，我天天晚上都很想你，想得睡不着，很难过，从来没有过的，我想你。他还说，我告诉所有人我只把你当姐看，包括我最要好的哥们。只要你答应，我可以一直这样下去。我愿意。只因为我离不开你。

她说，你真的会保护我的婚姻吗？他握着她的手点头，那个晚上，她醉了。

石头还是石头，因为阅历的增长，他越来越优秀，担任的职务越来越多，人也越来越忙碌，有了很多的暧昧对象。于是，他们开始不停地吵架，分开又复合。几番反复之后，他提出了分手。

他说，我只是想要一段能见阳光的幸福。她不再坚持，把这两年石头给她的东西，包括那张只有他们两个知道的电话卡，都还给了石头。

然后，她头也不回地走了，从容而淡定，就像是卸下了千斤重担，她从来没有这么轻松过。他的身边已经有替代她的人，也许他还爱她吧，但这份感情终究只是一个人的独角戏。

再次回到家，男人早就为她做好可口的饭菜。男人什么也没有问，什么也没说，只是把一件新买的大衣披在了她的身上。她突然热泪盈眶。一直以来，她都想追求一份深邃的爱，却突然发现，平淡才是最深邃的爱。如果他不是爱她爱得那么深，他不会照顾得那么周全，如果不是爱到了极致，他不会怕冷却一直甘心忍受着空调带来的低温。

　　她到现在才知道，他们的爱情，一直都写在一蔬一饭里，写在平淡里，写了五年，唱了五年，今后还将继续唱下去。

　　再次去上课，她已心如止水，平静得激不起一丝涟漪。

　　夏天再来的时候，她买了台电风扇，不再用空调，她牵着他的手说，婚姻不只是一个人对另一个人的付出，而是两个人的共同经营，两个人都是主角。因为爱，我们才能携手走完这美妙的人生。

　　他听得极为认真。

　　他把她的手抓得很紧，她的眼睛里洋溢着幸福和淡定，他知道，那是她第一次跟他说爱，并将从此说下去，一生一世。

如果能重来，一定不会让你选择我

如果时间可以倒流，

我再也不会选择你，

我的爱，

让你太累。

他是一个很普通的人，无可救药地爱上了她，她是一个地产商的独生女，长得又漂亮，能力又足，追她的人排成了一条长龙，其中不乏富贾公子。

他的朋友都说他是只青蛙，青蛙和公主的爱情只盛行在童话世界里，现实里根本不存在。

可就是这样不被看好的两个人最终走到了一起，出入成双，不知惹红了多少人的眼睛。毕业的时候她放弃了进省城的机会，心甘情愿跟他去了贫穷的西北。她的父母专程跑来劝她，还开出10万元的分手费给他，但她不依，他也不依，气得他们拂袖而去。

不久，他们结婚了，她的家人没来，但简简单单的婚礼并没有改变她爱他的决心。

婚后他们恩恩爱爱过着日子，她在一所中学任教，而他则迷恋起了机器人，他把所有的钱都投入了买设备中，他发誓要造中国最好的机器人。

虽然过着很清贫的生活，但她义无反顾地支持他。

那一天，她带着孩子们去旅游，归来途中，为了拖回一个横冲马路的学生，她被车子狠狠地撞了一下，这一撞彻底改变了他们的人生轨迹。他本来打算去一个大学接受培训的，现在也只能放弃。为了给她治病，他家已经欠债累累，最后他迫于无奈找到了她的父母。看到她在病床上痛苦的样子，她父亲心疼得流下了眼泪。

在最好的医院待了三个月后，她谢绝了父母的好意回到了那个贫寒的小屋。

医生说她能站起来的概率很小，但是他们从没有放弃，他每天都坚持给她按摩，每天都会背她去镇上懂针灸的老医生家。路上有道长长的浮桥，看着他艰难的摇晃的样子，她在他的背后痛哭："如果时间可以倒流，我再也不会选择你，我的爱，让你太累。"

闲暇时，他会一个人跑进他的实验室研究。惊喜是在半年后出现的，他研制成了第一台机器人三轮车，而她也能慢慢地站起来了。他把她抱到车上，让机器人载着他们在路上缓缓地行走。

很多行人都停下来看，还有不少人跟着他们的车一起走，她幸福地笑了。三个月后他把机器人进一步改装了，速度可以达到每小时 15 公里。而她也可以慢慢走路了。他带着妻子，驾着机器人经常去市里玩，每出去一次，就轰动一次。

谁也不曾想过他也会有飞黄腾达的一天。很多公司都来买他的专利，但被他一一拒绝了，直到美国一家计算机公司邀请他去学习，他心动了。

她说："这对你的前程大有帮助，去吧！我在家里能照顾自己，你不用担心。"

他真的去了，她的家人来看她，担心地说："你不怕他在美国找个女人，然后不回来了吗？"她摇摇头说："我相信他，要离开三年之前他就离开了，再说能共苦难却不能共富贵的爱情不是真爱。"

他在美国学习了两年，带着最新的设计回来了。在镇口他一眼望到了妻子，他赶紧走上去，"我本来是想给你惊喜的，没想到你在这里等。"她有些惊讶："我只是到这里来看看，顺便看看你有没有回来。"她说得很平淡，其实她从早到晚都在这里等候，等候已经成为她全部的生活。他湿了眼，说："如果老天能给我一次重来的机会，一定不会让你再选择我，为了我，你活得太累。"

她抱住他，她说："生活从来都是累的，之所以能坚持，是因为有爱。"

女人绝不能在婚姻上心软

女人要让男人明白，

你也有自己的喜怒哀乐，

你也有自己的底线。

朋友慧子初中没毕业就去广州打工了，不久后就认识了同城打工的小张，两个人很快坠入爱河，并结婚了。小张的工作很特殊，一年中绝大部分时间都在外面跑，这让慧子很无助。

她从网上给我发来邮件说，现在她知道她老公走到哪里都不缺女伴，所以一直安于现状，不打算换工作，也没有为了这个家，为了这段婚姻做丁点让步。

从慧子的来信中，可以看出，慧子对老公是有感情的，所以六年来，尽管她的婚姻只剩下一个虚名，她还是在苦苦地支撑着，并期待着他能回心转意。

其实，像这样不为家改变的男人只有两种：第一种是贪玩男，年纪很大，却还像小孩子一样贪玩，不愿意承担起生活的责任；另一种是花心男，这样的男人最可恶，家中红旗不倒，外面彩旗飘飘。不过，男人的本质并不坏，再怎么贪玩，怎么花心，也不会把家弃之脑后，所以他才会来湖南来接慧子和孩子回家。

对于这样的男人，女人决不能心软。多少女人就因为心软，一件事拖了又拖，到最后弄得人仰马翻。殊不知，这样对自己才是最残忍。聪明的女人，只要谈到爱情和亲情，决不能心软。

我想，慧子应该做的有三件事：一是好好跟他谈谈，谈婚姻，谈生活，谈孩子，不管是贪玩男还是花心男，只要晓之以理，动之以情，让他明白作为一个丈夫，作为一个父亲应尽的义务和责任，大多男人还是能及时回头的；二是多让他操持家务，多拉他参加一些有意义的活动。很多时候，男人不妥协，并不是不爱，只是没有切身体会，忽略了你的重要性。要让他学着长大，让他心动，让他多关注你。当然你也得理直气壮，要让他明白，你也有自己的喜怒哀乐，你也有自己的底线；最后，多让父母从侧面做工作，他们都是过来人，能权衡轻重，往往可以收到意想不到的效果。

如果他依然还是我行我素，不思悔改，这样的婚姻路注定是条泥泞的不归路，为了自己的幸福，你可以大声跟他说：去死吧！

爱是唯一的真相

从来没有人听过他们吵架，
每天日出而作，日落而息，
携手出归的温馨不知羡慕了多少人。

那时，她是学校里最风光的校花，不仅仅是因为美丽，还有才华。一手二胡拉得让所有男生为之倾慕，而且她不高傲，跟所有人说话的时候都微笑着，满脸的温柔。

她是学校的学生会主席，认识的人也多，走到哪里，献殷勤的男生就跟到哪里。为了得到她的芳心，好几个人还差点大打出手。原本以为，她会找一个门当户对的男生，等毕业后，她却跟着一个农村的男生回到了老家。

她是个城里女孩，独生子女，父母又都是单位领导，可她却选择了一个贫穷的山村。那山村，除了泥土还是泥土。那男生和她是校友，两人一起参加过玉树地震的志愿活动，回来以后，他们就在一起了。

没有人看好他们，太唯美的爱情和现实总是格格不入。也许她是喜欢他的才华，欣赏他的人品，可是他家却比较穷。一个城市里娇生惯养的女孩，在农村里待几天也许感到新奇，可是一年、两年，三十年呢？大家都在怀疑，那个男生只是贪图她家的钱。

但从来没有人听说他们吵过架，每天日出而作，日落而息，携手出归的温馨不知羡慕了多少人。听说他们承包了一个养猪场，很多同学都去看过，回来后都只有一句话：那份简单的幸福我们没法做到。

十年之后，他们一起回去参加母校的一百周年校庆。那些曾经追求过她的男生都早早在门口等待，大家最关心的问题，还是她现在过得怎么样。十年过去了，大家都已经成家立业，有的开了公司，有的去了美国，所有的人都想在她面前炫耀一番，好让她为当初荒唐的决定而后悔。

但当她下车后，所有的人都惊讶了。

除了稍微黑了点外，一如十年前的婀娜多姿，她脸上流淌的是绝对无法掩饰的幸福和从容。

她，短发，穿一条黄色的裙子，手里拿着一个黝黑的公文包。和这次回来的女生比，她肯定是最朴素的一个，也没化妆，但这都无法掩饰她的高贵气质。

她是作为优秀毕业生企业家代表参加报告会的。十年之内，她和丈夫的事业越做越大，成立了自己的养猪公司，还解决了不少学弟学妹的就业问题。

那天，很多男生都拉着她喝酒，喝醉了后大家都纷纷抱怨："为什么我们都事业有成了，也找了个门当户对的妻子，可是一点都不觉得幸福，只有无休止的争吵，心神疲惫，可是你为什么就一直和他相安无事，而且在一个偏僻的地方一待就是十年？"

她笑着说："那是因为爱。我爱我的老公，所以义无反顾地跟他走。他爱他的老婆，所以宠着我，让着我，呵护着我。你们也知道，我脾气一向不好，也只有他，能容忍得了我。"

无疑，她是那晚最耀眼的焦点，那些打着灯笼挑这挑那的同学，未必有她幸福。

她还有一个活泼乖巧的女儿，当孩子和她对话时，那份懂事和成熟让所有人都深深折服。

离别时，大多数人都坐飞机，而她坚持坐火车，她说："这笔钱，够一个两口之家两个月的生活费了。"

大家都去送她，到车站时，却发现有人来接她，是个同样打扮朴素的男人，她的丈夫。女同学们说，那一刻，真嫉妒她有那么好的丈夫。而男同学则纷纷跑上去请教婚姻幸福的诀窍，他只说了两个字：付出。

是的，虽然他们日子一直都过得很清淡，很节省，但谁又能否认他们不是相濡以沫的一对呢？

甚至她脸上的黝黑也让人嫉妒，因为那是岁月留给她最幸福的痕迹。

你若不离不弃，我必生死相依

真正的爱，
是要两个人一起去面对的，
不论幸福还是痛苦。

是什么时候爱上她的，他已经忘了，他只知道每天活在她的微笑里，那才是他想要的幸福。

他们认识，是在一个天寒地冻的早上，他问路，她热情地带他去，后来他来到这个城市工作，她便成了他的妻子。那时他的事业刚刚起步，她的家人都反对他们在一起，但她还是义无反顾。好不容易，他们有了自己的房子，有了自己的孩子，可是如今……他觉得不甘心。

这天，他很早就回了家，做好晚饭，他又去接孩子。吃完饭，一家人坐在沙发上看电视，他表现得漫不经心。她看出他眼中的不安，她起身，默默地给他倒了杯茶。多年以来，他们养成了一种默契，谁要是心中有事，对方就会给自己倒杯茶，找个倾诉的台阶，可是他啥也没说，她也就没问。

　　晚上，他本想去关灯，被她轻轻按住了。她说："说吧，我等你这个心事很久了。"他叹了口气说："同事小王的爱情真的很伟大，你不这样认为吗？"她怔怔地看着他。

　　"知道自己不行了，不忍心牵累自己的妻子，便设计了一场外遇，让女人死了心，从此远离，最终找到了属于她的幸福，他也走得安心。"他说。

　　"可是你知道当女人知道真相后她会怎么想吗？"她抓住他的手，放在自己的心口，"我今天遇到他妻子了，她并不幸福，她很恨他，那种刻骨铭心的恨并不会因为他的离去而消释，只会越来越重。是的，他是得到了解脱，可是她呢，将会在悔恨中走完自己剩下的人生。你不觉得这样的男人很自私吗？因为他根本没想过另一个人的感受，要知道真正的爱，是要两个人一起去面对的，不论幸福还是痛苦。"

　　他沉默了，反复思索着。她温柔地看着他，说："如果有一天，你也这样，请不要推开我，不仅仅是你需要我，而是我更需要你。因为，我不仅仅是你的妻子，更是一辈子和你相依为命的亲人。"

　　他无言以对，他从公文包里取出化验单，说："癌。"

　　第二天，他们一起去医院时，遇上了和他同名同姓的老乡，老乡也是来拿诊断结果的，老乡说："原以为我自己没事，一查，竟是晚期。"

他住进了医院，她每天都陪在他身边，赶也赶不走，她说，这个世界上，没什么比他更重要的人了。他积极配合着医生的治疗，他每一天都很快乐，即使在化疗的日子里，也没有忘记微笑。医生说保守一点估计，最少他能挨三年，他拥着她说，两个人一起面对的日子，每分每秒都不会多余。

意外的是，第一个三年他没死，第二个三年，他依然过得很好。再次去医院检查的时候，他得知，他老乡早在六年前郁郁而死，医生说本以为能拖上几年的。医生又说，他能坚持这么多年，真不可思议。只有他知道原因，这一切都是因为有她。

后来他干脆开了一家心理诊所，登门的人络绎不绝。他总是语重心长地告诉那些和他有共同遭遇的人：一个人独自面对疾病和苦难，其实是对对方的爱极不信任。

因为爱，所以愿意和他（她）一起走过人生的苦与难。

第四章
请让我为你系一辈子鞋带吧

婚姻有三层境界：嫁给金钱，嫁给美慕，嫁给幸福。嫁给金钱，得到的是爱情的背叛；嫁给美慕，虽得到了别人的认可，但可能会迷失自我；只有嫁给真正的爱情，得到的才是幸福。

相爱，不求最爱

> 鱼翅虽好，
> 却不是每天必备的下饭菜，
> 你所需要的，只是适合你的。

　　第一次见到她，他便被吸引了，她的温柔，她的一颦一笑，都牵扯着他的神经，甚至于晚上做梦，都在念着她的名字。朋友们都说他中了邪。

　　她在一家图书馆工作，虽然他不喜欢看书，只因为想看她一眼，他每天都会去找她借书。看得出，她对他是有好感的，要不然，何以把最好的书都给他留着呢？他鼓起勇气向她表白了，她却一脸沉默，他以为她是没做好思想准备，也就一直坚持着。

　　有什么好吃的，他都给她留着。每天，他会给她一个长长的电话，那些温柔细腻的情诗像海水一样包围着她，他以为她会被他的执着所感动，没想到只得来一句："你不适合我，你不是我的最爱。"

　　他不解，但不气馁，对她始终如一。一个月，两个月……冬天很快来临，他知道她贫血，就给她买了补血冲剂，还有电热毯。他知道，她经常会忙到深夜，就给她准备了她最喜欢的晚餐，送过去。

可就是这样的努力，她依然不为所动，她说，她感谢他对她的好，只是他不是她的菜。最终，他还是失去了这段缘分。很长一段时间里，他都闷闷不乐，只因那是他的最爱。

后来，别人给他介绍了一个对象，是医院里的护士，模样虽然一般，但心地好，还能烧得一手好菜。那女生对他真好，什么好吃的，都留给他，出去逛街，总是给他买衣服，自己却舍不得买。这样居家的女子，朋友们都很羡慕，也劝他早点娶回家。

他唯有苦笑，他不是不喜欢她，只是心里还一直装着旧人，他也经常拿两人比较，越比心越凉。朋友们都说他脑袋进水了，他也郁闷，决定请教专家。

仔细听完了他的倾诉，专家笑了，一字一句地说："鱼翅虽好，却不是每天必备的下饭菜，你所需要的，只是适合你的。"

故事发展的结局是，他和那个护士结婚了，虽没大富大贵，但每一天都过得有滋有味。

也就从那时起，他才明白，最爱与相爱，虽只一字之差，却犹如天堂和地狱般遥远。

所以，只找相爱的，不求最爱。

送你一束阳光

就像所有被深深伤过的女人一样，
她把自己的心小心地包裹起来，
一层又一层。

那时候，她非常不顺，事业亏损，母亲去世，弟弟遭遇车祸，所有的不幸似乎都像赶集似的朝她袭来。更为可悲的是，与她交往三年的男友也绝尘而去。她欲哭无泪，所有的希望顷刻间土崩瓦解。

好在她还坚强，慢慢地恢复了元气。来提亲的人也不少，当然，全是冲着她闭月羞花的面容。她也不恼，她确实需要一个人，来与过去诀别。

最后，她接受了他。他是一个老师，人品好，也很勤奋。虽无车无房，却有一份稳定的工作和一颗专一的心。他对她真的好，怕弄脏她的纤纤玉手，便把家里所有的活都揽了下来，还到处筹钱给她的弟弟治病。

她的家人感激他，她也很感动，但那不是爱，就像所有被深深伤过的女人一样，她把自己的心小心地包裹起来，一层又一层。

那天，他们和几个同事一起去云南丽江玩。车到云南贡山不久，因为遇到了暴雨，只好借宿在一家旅馆里。到下午的时候，她正躺在床上准备睡觉，突然听到一阵轰隆隆的声音。她马上意识到是泥石流来了，从床上立刻起来，顾不得拿外套，穿着睡衣就往外面跑。

手机使劲地响，她接了，他的声音很紧张："泥石流来了，你赶紧跑下来，跑到安全的地方，我等下就来找你。"接着便挂了。她只好随人群往外面跑，一边跑，一边拨，不通，再拨，仍是不通，她急得直冒冷汗。

站在大桥上，她突然看见一个人正从一条小路上跑过来，满身都是伤，是他。他着急地拉着她的手："你没事吧，哪里受伤了，让我看看。"喘口气，才说："我们的旅馆被泥石流淹了，手机也掉了，我怕你有事，就跑过来。"

他又说："你冷吗？我抱着你，让我为你取暖。"

她突然泪流满面，紧紧抱着他，良久，哇地哭了出来。一直以来，她都以为自己是不会在意他的，到现在才知道，她原来一直都在他给的阳光里小心潜伏着，温暖且轻盈。

木棉花开

> 你与一朵木棉花失之交臂不要紧，
>
> 重要的是，
>
> 你不要错过这满春所有的木棉花。

她是突然发现自己小区里的木棉花全部都开了，那么红那么妩媚的木棉花，绽放在三月，绽放在春天里，一如她那颗含苞待放的心。

她有自己喜欢的男子，是别人介绍的，还没见面，闺蜜就说他如何幽默如何有才，如何帅气，有多少女生追求他。

她不以为然。她想，一个男生太帅了，也不是什么好事，她现在所希望的只是找个宽厚的肩膀，一个能过日子，疼她爱她的人。

但那次见面后，她的心就荡漾了。

他们约定在公园里相见，一脸阳光帅气的他就那样闯进了她的视线。她没想到他那么会说，说西方的哲学史，说民国的秘史，都是些她闻所未闻的。对了，他笑的时候还露出一个小小的酒窝，她看呆了，心也跟着乱了起来。

她想，她要找的就是这么一个有知识有内涵的人。

她向闺蜜打听，才知道他是一家公司的采购主管，比她大五岁，见识自然比她多。

后来，他们每一周都会见一次面，地点都在木棉花盛开的地方。有时，他一个人，有时，他也会带些生意场上的朋友过来。去之前，她都会精心打扮一番，只为他。她也不管有多少人，即使她半天都插不上一句话，可只要他的余光飘过来，她的脸就红得像木棉花。

三月里，她穿过那些木棉花，去和他约会。

他说，他希望能回老家去开家店，她本对生意不感兴趣的，却也认真地学起来。

也读那些哲学史的书了。

总之，都是他所喜欢的。

她嫌自己配不上他，所以她尽心地呵护着上帝的这份眷顾。唯一争吵的那次，是为两人的去留。她的父母希望他能留在省城，但是他不愿意。

"难道你不爱我吗？"他说。

"不，不……不是。"她竟然有些结巴。

最终还是依了他。因为资金不够，她就把自己所有的积蓄拿出来，进货，开店，每一天都紧张地忙碌着，但是值，只要这份小小的爱情最终能开花结果，她也就认了。

但不久金融危机来了，不到几月，亏损了几十万，最后连货都进不起。为了他，女孩到处筹钱，一个月内，她就瘦了十斤。夏天来了，她觉得好多衣服都变大了，她都不敢告诉父母，电话里只说都好，一切安好，怕他们担心。

冬天来的时候，她依然还在战斗。只是他已经变得懒散，也染了很多坏习惯，她依然包容着。她对他真的好，他一脸酒气地回来，她就给他洗澡；他说累，就给他按摩；他说饿，就去做夜宵。朋友们都说，有这么个娇妻，算是他的福气。

她也对他说："我就是一朵木棉花，一朵，就能装下整个春天的温暖。"

但是有一天，她却被冰冻了一般，再也暖不起来了。

那天中午，她经过一家饭店的时候，分明看见他正和一个妖艳的女子搂抱在一起，她没走过去，流着泪跑回了家。

他怎么可以这样对自己呢？他怎么可以……

他的确是有了新欢，几天后，他就和她摊牌了。他说，她有我需要的一切，但你没有，我不想耽误你。

后来，她去找他的朋友，从朋友那里得知，那个女人本是香港富商的情人，富商去世后，就想找个小白脸，她有的是钱，头一次见面，就给了他十万。她跑到木棉树下，哭了。

她只怪自己。

不久后，他和那富婆一起去了香港。

她回到长沙，在朋友的帮助下，开了家小公司，生意越做越火，她也买了车，买了房，只是他看不到。

三年后，她结婚了。

新郎是五年的老乡。

他说："当第一眼认识你时，我就觉得你很独特，你眼神里的那份宁静和自信让我印象颇深。还有，这几年来我一直都关注着你。也许，你忽略了我的存在，我只是片绿叶，但我想，我这辈子就是来衬托你的火热与娇艳的。我知道你喜欢木棉花，所以我住的地方，都栽满了木棉花，当我看到它们时，就犹如你在对我微笑一样。"

她笑了，在她最失意的时候，一个真正宽厚的肩膀靠了过来。

新婚的那天晚上，他捧了一大束木棉花送给她，他说："木棉花为我们作证，在漫漫的人生旅途中，我要让我们的每一年都会像春天一样诗意无限。你与一朵木棉花失之交臂不要紧，重要的是，你不要错过这满春所有的木棉花。"

那些爱的足迹

原来她的心一直都生活在爱的国度之外，

是他这一路风雨兼程，

才让她的爱重新折了回来。

一开始，她就不喜欢他，在她的心目中，有恋人的详细标准，而他学历不高，且又矮又胖，无论从哪一点来说，都可以排除在选择之外。

只是他从没有放弃，只要她需要，他都会在第一时间出现，风雨无阻。

正好有人追她，是她所喜欢的类型，她本想很快答应男人的追求，但想起他，欲言又止，她在心里想，总得找个机会让他自动退出。

那次，她们大学同学新年聚会，她让两个人都去了。

男人就坐在他的旁边，而他却像侍从一样，不停地给大家倒酒倒茶，整个午餐，他只坐在桌子旁扒了一碗饭。有人递烟给他，他就憨憨地笑，说不会抽。

吃完饭，大家都到她的家里搓麻将。有人劝他，玩几圈吧，他立刻窘红了脸，说不会。而她如小鸟依人般依偎在男人身边，看着男人在牌桌上叱咤风云，他端茶来的时候，她厌恶地转过去，心想，这样没用的男人，早就应该说拜拜。

突然接到母亲的电话，说家里断粮了，老伴身体也不好，看她能不能买一些来。她放下电话，望着男人："你明天有没有空？"男人说："我要出差呢。"他却马上站了起来："我给你送，我老家有新米。"

她请假回家，电视上说黑格比台风已经在广西登陆，风力强到十级，她心里抽搐了一下，他不会出什么事吧。看表，说好是上午送的，现在都是下午了。

她拿了把伞，不安地在门口走来走去。转头，却望见他赤裸着上身，扛着一袋米往这边跑，米的外面用外衣和塑料层层包裹着。她吃惊地跑上去，说："你知道有台风就不应该来啊。"他把米抱到楼上，仔细检查了一番，才讷讷地回应："说好了的，怎么能反悔呢。本来早就来了，没想到遇到台风，把自行车卷走了，幸亏跑得快，才能够平安来见你。"

她望着他身上一处处被刮破的伤痕，忽然激动得说不出话来。那一刻，她才真正明白，原来她的心一直都生活在爱的国度之外，是他这一路风雨兼程，才让她的心重新折了回来。他这一身的伤痕，一处一处，都是爱的足迹，一路指引着她，步入爱的国度。

装在手机里的爱

他本以为她一个码文字的，
能看淡名利，
没想到也和别的女子一样贪慕虚荣。

她是个自由撰稿人，他是个的士司机，他们刚来到这个城市不久，为了让她安心，他决定买台手机。他看中了那种只要充话费，就可以免费拿的手机。可是她觉得不好，说："要买就买台好的，我帮你去选。"

他拗不过她，只好答应。在商场里转了很久，她相中了一款全球定位的手机，比他原先计划的要贵十多倍。

"不过就是个通信工具嘛，"他嘀咕着，"犯得着花这么多钱吗？"她抬起头，好似没听见。他只好向前走一步："要不咱们再商量商量。"可是她不同意，说："除了这款，我什么都不买，要买就买台好的，省得别人说我们家穷酸。"

话都说到这个份上了，他还能反驳什么呢？只是他有点不懂，她一向是对他言听计从的，为何在这个事上却不相让，难道真像同事们所说的那样，女人都是物质的？

回到家，她抢先坐在沙发上熟悉着手机的性能。看着她那兴奋劲，他嘴里不说，心里却不快活了。他本以为她一个码文字的，能看淡名利，没想到也和别的女子一样贪慕虚荣。

不过，她却从没用过他的手机。只是有一次，他们和同学一起去另一个城市，却迷了路。她忽然提起了买的手机，说："你的手机不是有电子地图吗？快拿出来啊。"

靠着手机的指引，他们很快就到了目的地。事后，她连连点头，这手机实用，买得值啊。他淡淡一笑，心里却说，女人终究是女人，这手机的好坏，不是看一个功能，而是看整体的性能。

那次，他上夜班，她放心不下，把电脑打开，上面她安装了一个全球定位系统。她知道他出事是在凌晨两点的时候，电脑上显示他的车子离城市越来越远，然后在某个地方一动不动了，她赶紧报了案，和民警赶到现场，他正和一伙歹徒扭打在一起，他身上已经有好几个伤口。

从医院里回来，他狠狠亲了手机几下，要不是它，他说不定早已和这个世界说拜拜了。他现在终于明白，她是牵挂着他，才执意要买这台手机。

　　还有什么好埋怨的呢？尽管以前他嫌这台手机太贵，而现在他终于明白了，因为这手机里载着她沉甸甸的爱啊，这厚重的爱，将伴随他行走在旅途中的分分秒秒。

十年如一日，白首以为期

我不会忘记自己的承诺，

一年，就一年，

我会给你所希望的一切。

花一样的年龄，人家都说他们是绝配的一对。

女人始终相信，总会有一个家的阳台是向她打开的，为此，她开始拼命加班。下了班回家，她也没有休息，熬药、喂药，清洗。这一切都只是因为男人的公司倒闭了。男人也受了伤，躺在床上，那段时间是他人生最落寞的时候。

巨额的医药费都靠女人一个人来承担。

男人每天把女人拥在怀里，深情地说："等我东山再起，我一定让你拥有自己真正的家。"

男人没有食言，三年后，他的公司起死回生了，男人在临海的地方租了一套房，说："我不会忘记自己的承诺，一年，就一年，我会给你所希望的一切。"他知道女人最大的心愿就是能天天听着海的呼吸声入眠。

　　女人小心地把钥匙佩在自己的胸前，她开始憧憬自己幸福的未来，那一刻，她甚至觉得自己是世界上最幸福的人。

　　然而好景不长，女人发现男人开始变了，似乎有忙不完的事情，开不完的会，回家的时间越来越少。

　　好不容易等他回来一趟，女人握着他的手，问："又一年了，我们的家呢？"男人说："再等一年，什么都会有的。"女人转过身，眼泪一点点滴下来，她15岁开始跟他，这样的话听了不下一千遍了。

　　可女人终究没有想到，男人变心了。他为他的情人买下百万豪宅，一掷千金。后来，男人干脆带上所有家产跟情人去海外发展了。很多人都劝女人，算了吧，还守在这儿有什么意义呢。

　　可是她没有，她不想他回来的时候找不到她，她总觉得，人，还是要怀着希望活着。

　　男人也没想到，他会在海外输得一塌糊涂，等他明白是情人在暗中搞鬼时，他已一无所有。他这时才想起与自己患难与共的女人，打她的电话，发现号码早就删除了。

　　他急忙跑到海边，忽然呆住了。原来租的房子在一年前就拆除了，只有那个傻傻的女人在旁边搭了个简陋的棚子，一直在等着他回来。

　　他的眼泪一下子涌出来，抱住女人，喃喃地问："还能等我一年吗？"女人哭着说："我早知道你会有这么一天，所以这几年我都在辛辛苦苦忙着，没一刻闲着。"

　　凭着自己这些年积累下的良好人脉，男人再一次在商海里翻了身。这次，男人没再食言，买房，送上金灿灿的钥匙。男人望着女人头上的几缕白发，心疼地说："这个世界上，也只有你才会傻傻地陪我。"女人抬起头："知道为什么吗？"男人点点头："知道，因为这是爱。"

找到最适合你的鞋

并不是你喜欢的东西就最适合你，

喜欢的东西，

总有适合的人去相配。

他是我曾经很爱的人，为了他，我放弃了自己的工作，只身跑到东莞。

和他在一起的日子，我甚至觉得自己是世界上最幸福的人，只是他的若即若离，让我心中甚是不安。

去深圳玩回来，想给他一个惊喜，就没打电话给他。当我蹑手蹑脚地开门，走进去，发现家里一片狼藉，地上有双红色的高跟鞋，一只在客厅，另外一只摆在卧室门口。

我伤心地回到湖南，消沉了整整两个月后，好友突然约我去逛街。我无心逛着，觉得世界都是黑暗的。没有了他，生活就没有了色彩，也没有了意义。

好友逛街的兴趣却一点都不减，看着她兴奋的样子，我实在不想扫了她的兴致，于是决定调整下心情，也好好地逛一逛。

　　好友说过，我的脚是最漂亮的，那就买双鞋吧，体贴下自己。

　　鞋柜上摆满了鞋，我看中了一双黑色的细高跟鞋。我的脑海里马上浮现出一个画面，一个摩登女郎从小轿车下来，镜头慢慢地从鞋到细长的美腿，似乎都听到了"噔噔"的声音。于是，我开心地把鞋拿了下来，试了试，感觉还不错，只是跟有点高，穿着肯定很累。我心里有点犯嘀咕，到底是买还是不买呢？

　　好友却拿了一双坡跟的，说试试这双。我先前没看好这双鞋，但不忍心拂她的好意，试了试，感觉还真不错。鞋子上的蝴蝶结衬出我的皮肤更白皙，小脚更加可爱，就连走路去旅游都不怕累了。明眼人一看就知道，这双鞋很适合我的脚。

　　我朝好友笑了笑。

　　当我们走出鞋店的时候，我心中突然一片开朗。原来并不是你喜欢的东西就是最适合你的。喜欢的东西，总有适合的人去相配。而不被看好的呢，也只有试穿了，才知道是否适合你。

　　找到最适合你的脚的那双鞋，你的脚会因鞋更美丽。

　　爱情又何尝不是呢？

　　也许，自己爱的人，不一定是最合适自己的人。茫茫人海中，找到最适合自己的，才是最好的，才会得到最美满的幸福。

独守空城，等一人

所有的一切，

她都看在眼里，

可是，却没有一句感激的话。

她已经记不清是多少次头疼了，每次只要微微受点风寒，就会隐隐地疼。于是，只要天稍微有点寒，她总是戴着一顶帽子，各种各样，不论何种款式，在她身上，总能显露不同的风情。

美丽的女子总有人爱，她的身边从来都不缺乏追求者，高大帅气者，温文儒雅者，比比皆是，可每次交往不过几个月，她都绝情而去。这样的女子，更加激发了男人的征服欲望，只是，她不曾为谁真正停留过。

谁也不知道她的葫芦里卖的是什么药。

年近三十，举手投足间，更显妖娆。他就是在这时遇见她的，她看他的第一眼，就知道，他忘不了她了。眼前的这位男子，眉眼干净，眼光温柔。只是这样的男子，她见得太多。和以往的男人一样，他追她，认真而执着。

只是见过太多男子对她示好，心早已淡定。奇怪的是，他对她从不说爱，只是默默地付出。每次出差，他都会为她带各式各样的帽子；每晚睡前，都会跟她说晚安；每次生理期，他都对她呵护有加，不让她受一点寒，碰一点冷水。他为她做可口的饭菜，煲她最喜欢的玉米排骨汤，所有的一切，她都看在眼里，可是，却没有一句感激的话。

时光如流水，他所有的付出终究还是没能挽留住她的心。面对欲言又止的她，他心知肚明，又无可奈何。最后的道别，他留给她一封信，她读完泪流满面。慌乱中，她冲出门外，却不小心摔倒，落入一个温暖的怀抱。抬头，望见的是满眼的心疼。她紧紧地拥抱着他，怕他再次消失不见。

信里面说：

你还记得十多年前的同桌吗？每次帮你揉干长发的同桌。都是我不好，后来退学了，没能一直守在你的身边，才落下了现在的头疼病……

原来，她的葫芦里卖的是痴情的药！

有一种情，能穿越风暴尽头

因为爱过，才有慈悲心，
不管最后的决定是什么，至少在那一刻，
我要对你负责，因为我是男人。

那时，男人买好了去武汉的车票，刚从火车站回来。他和女人商量好去看樱花，算是为他们长达三年之久的恋爱画上一个圆满的句号。

可是，意外总是难以预料，还没等他走到家门，就发现了异常，龙卷风正从远方而来。

院子里到处都是惊慌失措的人，哭声、叫声乱成了一团，龙卷风正疯狂地蚕食着它所经过的一切。

男人似乎听见了女人酣睡的声音，他来不及多想，打开门，抱住还沉浸在睡梦中的女人就往外跑。女人从睡梦中惊醒，忽然狠狠掴了他一记耳光。

火辣辣地疼，但男人没时间和她计较，放下女人，简单地说了句："跟我跑！"还有人尖叫起来："快往山上跑！"接着大家就一窝蜂地往山上跑。

见此情景，女人忽然哭了起来。

男人是她的老乡，两人因樱花而相识，直至相恋。但现实远没有她想的那么美好，当激情一点点褪去，女人有了新欢，是个有钱人，有事没事便带她到处游玩，女人觉得，这才是她想要的生活，所以分手便成了必然。女人这次来这里，只是实现自己对他的承诺，初次见面时，女人就答应过，一定到他工作的地方来看看。

男人没有时间去安慰她。龙卷风越来越近，男人知道，再过几分钟，这里所有的一切都会被龙卷风吞噬，他似乎已经听到了远处楼房倒塌的声音。

男人拖着女人，拼命往山上跑，在那里，他挖了一个洞穴，那是他为自己逃生用的，但只够一个人容身。他顷刻间有了主意。男人板着脸说："你给我钻进去！"女人惊得张大了嘴。这个男人曾发誓要呵护她一辈子，竟然在最需要他的时候，逼她往黑漆漆的洞里钻。女人的眼泪再次流了下来，可男人的心也不为之所动。等女人钻进洞里，男人便把洞口堵住了。

女人着急地喊："你想做什么？快让我出去！"但是她的声音很快被汹涌而来的龙卷风所湮没……

等女人醒来时，她已经在医院了，新欢也赶来看她。女人想起自己被关进黑漆漆的洞里的情景，她庆幸和男人分手，因为她真正看清了那个自私男人的嘴脸。女人回到了新欢的家里，准备结婚。

后来，女人参加了一档节目，在节目现场，经过节目制作人对灾难发生前后以及各方面的感人事迹的报道，她才知道，自己是唯一经历那次龙卷风却安然无恙的人。她们的故事也被制作成了凄美的短片：男人为了保护女人，不仅把自己狭小的避难场所让了出来，还一直在洞口守护着，直至龙卷风消退。在龙卷风中，他双腿受伤，截了肢，现在还在医院里躺着呢。

女人再也坐不住了，疯狂地朝外面跑。在医院里，她握着男人的手，心疼地问："明知道我要和你分手，为什么还对我那么好？"

男人说："因为爱过，才有慈悲心，不管最后的决定是什么，至少在那一刻，我要对你负责，因为我是男人。可是，你为什么还回来呢？"

女人泪流满面地说："直到现在我才真正读懂你的心，在今后的日子里无论贫穷、疾病、苦难，都不能再把我们分开，你知道为什么吗？"

男人摇头。

女人说："因为这段情，让我们穿越了风暴尽头。"

感谢爱情里的那些瑕疵

磕磕碰碰的爱情，

远比看似如胶似漆的相处更长久。

他和她的结识不被人看好，因为她是一家上市公司的主管，又是娇滴滴的独生女；而他只是一个从乡下来的打工仔。朋友们都说他们是两个世界的人，只有她善良的母亲坚持说："这个孩子，我了解他的底细，是个好男人。"还一手策划了他们的相亲。

在西餐厅里，他拿着刀叉笨拙地摆弄着，还不慎打碎了酒杯，这让她颜面大失。回到家里，她狠狠地跟老母亲说："这样没见过世面的男人，不要也罢！"老母亲却微笑着说："那也并非是坏事，一个从没去过西餐厅的人，是一个不贪玩的男人，也是一个不做作的人。"

他不仅每天都会送她回家，而且每次回老家，总会带些好吃的东西过来。日子久了，她便对他产生了好感，之后便顺理成章地接受了他。

恋爱的日子，并没有她想象的激情，她是个挑剔的人，每件事都力求完美。可是他身上总有这样那样的缺点，让她嗤之以鼻；他也不懂风情，没送过玫瑰，没买过化妆品，更别谈昂贵的名牌服饰了，这让她越发不满，于是，指责和怒斥便不可避免了。

而让她最终下定决心离开他的是那次住院。她因阑尾炎开刀，而他正在外面出差，他打电话过来，而她坚持要他回来陪她，却遭到了委婉的拒绝。

这样完全不关心自己的人，怎么能把一生的幸福托付给他呢？刚出院，她就提出了分手。

可是老母亲却说："他出差在外，要不是重要的事脱不开身，不会弃你不管，这说明他正是个以事业为重的男人，再说他每天都给你打电话，出差一回来，就赶来医院，说明你在他心目中的地位并不低啊！"

她突然想起闺蜜曾经说过："磕磕碰碰的爱情远比看似如胶似漆的相处更长久。"她便冷静下来，认真回想着他对自己的好，一切的埋怨便烟消云散了。

婚后的日子，果然如母亲所料想的那样，虽然有些唠叨，有些埋怨，但他们都努力地经营着，共同承担着婚姻里每个角色的责任，年年都被评为社区模范夫妻。

爱情里，有些瑕疵并非坏事，只要学会给彼此多一点宽容和谅解，不完美的爱情也会变得完美无缺。

爱情不仅需要糖，还需要盐

爱情不能太甜，
太多的甜太多的浓烈，
反而让人感觉迟钝，
终久生腻。

小时候，她极其喜欢吃糖，口袋里满满的是从店里买来的糖果。

长大后的她如秋水芙蓉，吸引了无数追求者的目光，走到哪都有追求者殷切的邀请，只要她点头，要什么便有什么。

只是她不愿，她要的爱是浓烈而甜蜜的，眼前的这些小男生给不了。

直到遇到了他，他是一家夜总会的经理，第一次见面，他就送上了 999 朵玫瑰，他教她跳舞，他充满魔力的手揉着她柔软的腰，只一触摸，便醉了青春。

于是，他们很自然地同居了。但她的朋友都反对，家人也放出狠话，如果她再与这混混保持关系，就不再是他们的女儿，只是她依然固执己见。每一个初恋的女子，都想要一份轰轰烈烈的爱情，他宠她，他说的每一句甜言蜜语，都像糖一样温暖着她年少青涩的心。

第一次遇见他偷情，是在走道里，他搂着一个花枝招展的姑娘朝宾馆走去。她没有发作，强忍着离去，泪水湿透了衣衫。那一晚，她失眠了，18 岁的心顿时满目疮痍。

她不知道他什么时候回来的，只一句，宝贝，那些只是应酬，我最爱的还是你，便让她紧锁的眉毛慢慢舒展开来。

从那以后，她再也没闹过，他外遇，他泡吧，好像那一切都无法撼动她爱他的心，她所期待的，只是他每一次回来对她的那些短暂柔情，哪怕就只是一个简单拥抱，也足以抵消她的不满和愤怒。对于爱情，她总认为自己是对的，她喜欢这种甜甜的味道，一如她从小对糖的贪恋。

直到有一次，她看电视，主持人说了一句让她一辈子都难以忘怀的话：爱情不能太甜，太多的甜太多的浓烈，反而让人感觉迟钝，终久生腻。

她似梦初醒，大汗淋漓。

一年后，在他和一个情人外出的间隙，她只身回到她所在的小城，之后便是嫁夫生子。日子虽然不算甜蜜，倒也踏实。

她以为自己内心深处还会怀念那段尘封的往事，直到手机铃响，一个陌生而熟悉的声音不断梦呓般重复：对不起，是我错了，你还能回来吗？

　　她却挂了电话，再轻轻地把号码删除。

　　这么多年的熏陶，早已让她的心波澜不惊，她知道，一个人的爱情中不仅仅需要糖，还需要盐，盐可以让你的生活变得从容而踏实，而糖，只会慢慢侵蚀掉你拥抱生活的感觉。

请让我为你系一辈子鞋带吧

男孩走到女孩面前，

弯下腰，

小心翼翼地给女孩穿上鞋子，系好鞋带。

男孩和女孩是在大学开始恋爱的，他们几乎逛遍了城市里的每一处角落。毕业后两人就留在了小城扎根。婚后的生活并没有女孩想象中的那么浪漫，相反，两个人经常为了生活中的琐事吵架。结婚还不到一年，吵了就不少于 50 次。

每次女孩都是哭哭啼啼跑去向女友抱怨男孩的不是，反正街上的每个男人都比他强。女友劝慰她："要是实在合不来，就分开吧。"

女孩回到家，看到男孩在烧菜。女孩走到厨房门口平静地说："我们离婚吧。"

男孩回道："这里油烟味太浓，你还是出去吧。"说完，就把女孩推出厨房。

女孩有点不耐烦了："我要离婚，你听见了没有？"

男孩仍像没听见似的，说："今晚我烧了你最爱吃的红烧肉。"

女孩显然很生气，扔下一句："你一个大男人除了会做饭还会干什么啊？"说完就摔门而出。

男孩赶紧追了出去，看见男孩追来，女孩甚至脱下鞋子，向男孩扔去。男孩捡起鞋仍旧不紧不慢地跟在女孩后面。

女孩走累了，就坐在路边的凳子上。男孩这才走到女孩面前，弯下腰，小心翼翼地给女孩穿上鞋子，系好鞋带，口中还喃喃自语："就让我为你系一辈子的鞋带，好吗？"

女孩看着男孩满头的汗水，想到了以前，那时他们都还在读大学。有次两个人去爬山，半路上女孩崴伤了脚，男孩硬是把她背了下来；还有那次生病，男孩为了去医院照顾她，硬是放弃了那场决定他是否能保研的竞赛；还有……想着想着，女孩的眼圈就红了。

男孩站起来，牵着女孩的手，说："来，我们回家。"

女孩依偎着男孩的肩膀，把男孩的手握得紧紧的。

苦难是在为幸福买单

> 如果你一直沉溺在过去的沼泽地中，无法自拔，
> 或许你不用再为了前进而努力，
> 但你将永远见不到后面的阳光了。

那年，我十八岁，花一样的年龄，疯狂地迷上了隔壁班的那个叫风的男生。高考后，我的成绩是那么的糟糕，只勉强上了个三本院校，而他考上了名牌大学。

郁闷，失落。

在一个云淡风轻的夜晚，我去找他，却发现他正和一个女生手牵着手，亲密无间。顿时，我如触电一般，强忍着眼泪，一路狂奔。只听见他在后面喊："我们不合适的，或许我们还可以做朋友。"

没想到，我初恋的种子，还没来得及发芽，就被高考这一纸成绩吹得支离破碎、七零八落。

我的心中忽然有一个强烈的念头，我要离开他，离开这座让我伤心的小城。

在异地的一位朋友知道了我的情况后，不断地安慰我，还热情

地邀请我去他所在的城市游玩。

　　朋友所在的城市是一座偏远小城，经济不太发达，但是自然风光很好。第二天，朋友就决定带我去当地有名的野外丛林去"探险"。收拾好行囊，出发。由于此前我一直没有来过这座小城，也没有过类似的探险经历。因此一路上，我充满了好奇，快乐得像只飞出笼子的小鸟。见到奇形怪状的石头，还有美丽奇异的昆虫，我都会惊奇地跳起来。看着我一惊一乍的样子，朋友也忍不住嘿嘿直笑。

　　然而快乐的时光总是短暂的，经过一块湿地的时候，我以为只是一块小水坑，就大大咧咧地走了过去。当知道是一片沼泽地的时候已经晚了，我将近三分之一的身体已经陷入其中。我十分焦躁，不住地挣扎，只希望能快点脱离泥潭。然而上天好像偏偏喜欢和我开玩笑似的，我越是使劲拍打，就陷得越深，陷得越快。朋友在一旁不停地劝慰我，叫我冷静下来，不要急躁。还要我慢慢地把身体伸展开来，以增大浮力。后来朋友不知从哪里找来了一根绳子，费了九牛二虎之力才慢慢地把我从沼泽地里拉出来。

　　出来的时候，我已经是一个泥人，眼泪也早已和泥水分不清了。看着朋友，我气不打一处来，骂了他几句。没想到，他却笑呵呵地对我说："前面还有更好玩的，你敢不敢去啊？"我也顾不得难堪，一扬头，竟然就跟着他去了。

　　果然，过了不久，我就看到一片郁郁葱葱的草地，清清的溪水，还有那挺拔的山峰。仿佛置于五柳先生笔下的桃花源一般。我贪婪地欣赏着眼前的一切，就像一个饥渴的婴儿正幸福地吮吸着母亲的乳汁。多日来一直堆积在我心头的那片阴霾也早已灰飞烟灭，不知所踪。

　　看着我兴奋的样子，朋友若有所思地说："其实人生就像我们的这次旅行一样，会经历各种各样的挫折与苦难。如果你一直沉溺在过去的沼泽地中，无法自拔，或许你不用再为了前进而努力，但你将永远见不到后面的阳光了。你要知道，苦难是在为你的幸福买单，那么挫折与苦难就是我们人生路上的一支小插曲。"

　　这次旅行的经历，让我彻底地从失恋的深渊中走了出来。现在我又重新回到了学校的教室，已经把那颗年少不安的心慢慢地沉淀下去。我已经决定了，要好好读书。因为我知道，在我人生的旅途中，苦难是在为幸福买单。

爱的结局是生活

爱情，

不管起点是什么，

结局一定是生活。

那一年，他 36 岁，娶了现在的妻。其实，他不想再娶，只因，曾经受过很重的伤。

他的前妻，和他是自由恋爱，谈了六年，本以为这是一段让人羡慕的爱情，他甚至都做好了做一个尽职丈夫的准备，她却跟人跑了。

是嫌他太穷了。她说，再刻骨铭心的爱情也抵挡不住物欲的诱惑。还说，还是爱着他的，只是她希望自己的日子能过得好一点，便义无反顾地走了，即使他跪在地上求她，她也视若无睹。

那晚，他醉了，他发誓，从此以后不再相信爱情，相信女人。

就这样，迷迷糊糊过了四年单身的日子，直到弥留之际的母亲哭着求他再婚。

便找了现在的妻，一个又黑又矮的女人，小他五岁，因为长相不好，相了几年亲，都没成功。他也只是看了一眼，便定了这门亲事，他不爱她，娶她进门，只是为了母亲的遗愿。

新婚那天，他跑到母亲的墓碑前，哭了一个下午。

有人给他送饭过来，他转头，见着了一张丑陋的脸，便呵斥她离开，他只会带着喜爱的女子来给母亲看，他不爱她。

他的脾气变得又怪又差，总是挑她的刺儿，嫌她做的菜难吃，嫌她做事太慢，而他说这些时，正坐在沙发上喝着茶，悠闲地看电视。

她不生气，总是笑嘻嘻地说改。

可她对他越好，他的脾气就越大，开始时，只是酗酒，后来，还跑到外面去找女人，而她总是逆来顺受。只因，她对他心存感激，一个三十多岁的老女人，能成个家就很幸福了，尽管他有着这样或那样的缺点，她相信，总有一天他的心能容纳自己的。

她找了份在槟榔厂的活干，晚上还做凉席，一针一线地穿着，她说，多赚点钱好养家。

她给他买了件笔挺的西装，给他换上，说："以后穿这件出去吧，好看。"

这话让他的心一阵颤抖，他突然想起，昨天经过一家超市时，看到玉器在打折，他看中了一块，他想，戴在她脖子上，一定很合适，他心动了，可最后没有买。

那个晚上，他喝多了，从一个高空处摔下来，摔伤了腿，是她打着手电找到的。她背着他，一步一步朝诊所走。

也不知道她哪来那么大的力气，一个 180 斤的男人，硬是被她背了将近了三里路，而平常她连 80 斤的化肥都背不动。

他在家躺了整整半个月，而她衣不解带地照顾了他半个月，也就是从那时开始，他才知道，这个世界上还有一个女人如此心疼他。

腿好的第二天，他就跑到超市给她买了一块玉，那是第一次有人给她送东西，她小心翼翼地戴在脖子上，雀跃地问："好看吗？"男人说："好看，我还去给你买。"女人说："那不是要花很多钱吗？"男人把她搂入怀里，眼睛里一片湿润："花再多的钱，只要能买到快乐，那就不够了。"

男人还给女人买了一堆衣服，女人一件件穿着，走到镜子面前像小鸟一般雀跃着。女人说："原来我也这般好看啊，怎么以前没发现啊。这些真的是送给我的吗？我可以穿着它出去吗？"男人捏了捏女人的脸蛋，笑着说："当然。"

不久后，他们便有了自己的孩子，男人带着女人和孩子给母亲去送香，男人在母亲的墓前磕头："妈，我把媳妇给您带过来了，您放心，今后，我一定会好好对她。"

女人在母亲的墓前狠狠磕了几个头，女人说："娘，我会做好您的儿媳妇的。"

男人把酒戒了，也不再在外面花天酒地，男人的心中只有女人一个，因为，那已成为他生命的全部。

　　原来，爱情，不管起点是什么，结局一定是生活。这个世界上最深邃的爱情，不是浪漫，不是攀比，而是，在简单的生活中，我容你，你容我，相濡以沫，天长地久。

掌心里的暖

在挥手道别时，他抓住我的手，

摊开，轻轻吻了一下，然后合上，

他说那是他的心，在我手心里扎了营。

17岁那年，师父给我算了一卦，说我19岁会遇到一场劫难，而化解的人就是那个能让我哭的男子。那是夏天的黄昏，夕阳的余晖染红了山坡，师父说他能教的都教了，接下来就得看我自己的造化了。我背剑下山时，师父就在山上望着，我没有落泪，我是一个不懂哭泣的人，有人说我铁石心肠，我不否认。

18岁，我还记得师父那番语重心长的叮嘱，但我依然过得很好。19岁，我遇着了石星，一个长相帅气也能说会道的世家子弟，颇受女生喜欢。

父亲说要我去见他，我进到屋里时，他远远地跟我打招呼，我看见父亲和他聊得甚欢，大有相见恨晚的感觉。说实话，我以为他也只是徒有其表的花花公子，我对这种男人并不感冒，坐着敷衍了几句，便匆匆走了。再次遇见他是在街上，有一个卖身葬父的女孩衣衫凌乱地坐在那里，我看见他走过去把自己的所有盘缠都给了她，然后扭头就走。

他没有看见我，我却对这个男人产生了极大的兴趣。约莫一袋烟的工夫，我又一次遇到了他，这次在菜市场，他在帮一个农夫卖菜。

我想真是好巧好巧。

于是，我就好巧好巧地出现在他的视线里。

直到他提醒，我才从飘飘然中清醒过来。明天就是父亲的50大寿了，是应该为操劳多年的父亲买件礼物了。

那个晚上，我喊上了他，两个人把一条长安街来回逛了两次，就是不知道买什么好，我想应该有一些创意。他突然拉紧我的手说："随我来。"

在一处陋室里，石星说："就送他微笑吧，我想这该是普天之下最好的礼物了。"

我就静静地站在他的旁边，看他画父亲微笑的样子，惟妙惟肖，我惊叹世上竟有如此神来之笔。在门口，他看着我，眼里满是柔情。在挥手道别时，他抓住我的手，摊开，轻轻吻了一下，然后合上，他说那是他的心，在我手心里扎了营。

点上蜡烛，摊开掌心，恍然间想到他深情的目光，忍不住便醉了，我想这也许这就是人们所说的天荒地老的爱情吧。

石星给我一把莫邪宝剑，说是想他的时候，舞舞它他就能听见。于是，每个晚上我都把宝剑舞得呼啦呼啦响，然后就靠在门口，等着他气喘吁吁地跑来。

"累吗？"我咯咯地笑。

他拉着我就跑，临了还来一句："我们去过二人世界。"

我跟在他后面，希望那是一辈子开始的信号。

时间久了，一切都依旧，他和我。

我们之间的这份自由而温馨的爱情便成了所有人羡慕的焦点。

有阵子他没有来找我，后来听说他父亲逼他相亲，并以断绝父子关系相要挟。也不知道他见了多少大将军大臣的女儿，但他似乎就有那种吸引女人的魔力，听说好多女人见了一面后，就决定非他不嫁。那么我又摆在哪里？他的眼里还有我吗？

我不明白在这个世上为什么爱情非得成为政治的牺牲品，我没能理解他的处境，我只是固执地认为他的眼里只应该有我。

我在院子里，挥舞着长剑，侧看落叶纷纷，我想我的心情也和这飘零的落叶一般凄惨。

他来找我时，我拒绝见他，任凭风铃放肆地响。

我总是这样，不去面对却要逃走，明知自己早就陷进了爱情的泥潭而无法自拔，明知自己中了他的毒，却任凭这份毒纵情噬咬着自己脆弱的心。

石星在我门外站了一晚。早晨开门时，他就待在院子里，虽然成了雪人，但他还是温柔地笑着。

我呆住了，眼泪一下子喷涌而出。

那千百句怨词突然间就消失得无影无踪了，本来怒气满满的我反而觉得自己的气量太狭小了。

石星告诉我，他虽然不会拂逆父亲去相亲的意愿，但婚姻大事只能由自己做主，他也只是做做样子而已，其实他父亲并不是不明白。

这样的事情后来也发生了几次，但都被石星一次次轻易化解。他比我聪明，用他的包容和退让推进了我们爱的进展。

父亲送我去习武，原本就是期望我能报效祖国，我很自然地从了军，成了戚家军里一名骁勇善战的女将军。一天晚上，我仅带数十名战士来到牛田侦察敌情，却不幸落入了倭寇的埋伏。

战斗异常激烈，身边的士兵一个个倒下，我也多处负伤。

很快就只剩下我一个人了，数以千计的倭寇将我团团围住。倭寇将领多次劝我投降，说我还年轻，何必拿自己的生命开玩笑。

别做梦了，我冷哼一声，长剑挽出七朵剑花，直指敌军将领，擒贼先擒王，我深知这个道理，只是围上的敌人越来越多，我根本无法突破。

那一刻，我以为自己要死了。我在心里大喊：亲爱的石星啊，你在哪里啊，我还没有做你的新娘，我有点不甘心啊！

我忽然觉得一阵清凉透体而过，一把刀刺中了我的后背。我踉跄一步，身体向前进了一步，又有两把刀攻至。

哧哧数声长箭穿空的声音响起，围在我身边的敌人一个个倒下，有几个身影从天而降，剑气暴涨，挡者无不披靡。

是石星带着一群武林高手来了，我精神一振，挥剑斩杀了两名敌人。他一把搂着我："怎么样了，还挺得住吗？"一脸担心的神色。

"还好！再迟来一步，我们就只能在黄泉相会了。"我苦笑。

"我突然感到心神不宁，就知道你准是出事了，幸亏没有来迟，否则就得抱憾终身了，以后我再也不会让你一个人外出了，要生就一起生，要死咱们也要死在一起。"

他紧紧握着我的手，手中的莫邪宝剑如秋风扫落叶一般，敌人纷纷退却，非死即伤，很快就杀出了一条血路。

就是这次以后，无论何时，他总是紧握着我的手，就像第一次那样，而我也放心地享受着他掌心里的暖。

生活需要一个笔友

我们每个人都需要一个笔友，

来陪我们走好生命的每一段路。

女孩躺在病床上，脸色苍白，手中轻微地翻动着一本杂志。看着看着，眼泪就流了下来。女孩的母亲见了，赶紧走过来，擦干女孩眼角的泪水心疼地说："怎么又哭了？没事的，会好起来的。"

女孩很喜欢文字，生病以前就是学校文学社的副社长。女孩指着杂志上一个作者的名字，微微地说："我能给他写信吗？"母亲点点头说："可以，当然可以。"女孩疑惑地问："要是他不回来怎么办呢？"母亲说："会回信的，一定会的。"

女孩写了一封信，这是她第一次给陌生人写信。

男孩也是喜欢文字的，高考失利后，他就把自己关在了房间里，一心一意地写他的文字。男孩很勤奋，写得也很多，发表的却极少。看着父母整日早出晚归，同龄人也都去上学，或外出打工，只有他自己一个人还待在家中，男孩很苦恼、困惑，有时候他甚至会怀疑自己是不是真的走错路了。

有一天，男孩在写完小说的最后一章后，对母亲说："妈，我不想写了，反正这个世界上又不缺我一个作家，我想去广州打工。"母亲极力劝说也不管用，男孩决定了的事情谁也劝不了。

就在男孩收拾好行李准备出发的前一天晚上，他收到了女孩的来信。信中说，她很喜欢他的文字。每次看他的文字都觉得很温暖，很感动，希望能和他做个笔友。男孩像个孩子似的兴奋地拿着信给母亲看。母亲说："既然有人喜欢你的文字，你还是继续写吧。"

晚上，男孩把女孩的信仔仔细细地看了几遍，还用漂亮的信纸给女孩回了信。那晚男孩彻夜未眠，他决定了，还要继续写下去。

男孩写得越来越多，发表得也越来越多，和女孩的交流也越来越频繁。后来，男孩的一个作品在一个比赛中获了二等奖。男孩兴奋得一宿没睡，早早地就给女孩写了信。信中说，感谢她一直以来对他的激励，要不是她或许他现在还是某个工厂的打工仔呢。最后，他说希望能当面感谢她，并请她喝茶。

信发出去以后，很久都没有收到回信。男孩等啊等啊，终于等到了女孩的信，女孩问，为什么要见面呢？这样不是挺好的吗？男孩继续给女孩写信，表示一定要见面。女孩拗不过，最后同意了。

男孩穿着笔挺的西装，红光满面，按照信中的地址找到了女孩的家。

开门的是个中年妇女，男孩猜想她应该是女孩的母亲，急忙说："伯母好。"和女孩的母亲客套地寒暄了几句后，男孩问："怎么还没见到她呢？"女孩的母亲站起来，把男孩带到一个房间门口，说："她就在里面，你进去吧。"

男孩轻轻地推开门，看到房屋里的东西整整齐齐地摆放着，似乎已经很久没人住过了。书桌上放着女孩的照片，还有一沓未发出去的信件。

女孩的母亲低声说："她在一个月前就离开我们了。尽管她最后的生命都是在病床上度过的，但她一直很开心。谢谢你，陪她走过了她生命中的最后那段路。给你写最后一封信的时候，她已经走了，信是我模仿她的笔迹写的。"

顿时，男孩呆若木鸡。

回来后，男孩又仔细把那封信读了一遍。才知道自己由于想见女孩心切，连信的字迹不同都没有注意到。

男孩的作品陆续在报纸杂志发表，成了远近闻名的作家。在接受一家电视台的采访时，主持人问："是什么原因让你从高中毕业以后一直坚持写作到现在？"

"一个笔友。"男孩不假思索地回答道。

"一个笔友？"主持人似乎不满意这个答案，又问了一遍。

"是的，因为一个笔友才让我一直坚持到了现在。"男孩顿了顿，接着给观众讲了他和女孩的故事。

男孩讲完后，台下一片寂静，而后是雷鸣般的掌声，经久不息。

是啊，因为一个笔友，重病中的女孩微笑着离开了人世；因为一个笔友，落榜后的男孩成了远近闻名的作家。或许生活中，我们每个人都需要一个笔友，来陪我们走好生命的每一段路。

第五章
用尽了全力，只为在一起

　　人的一生当中哪里有那么多的精力去顾及情感，生活已经够累，爱情哪里还经得起那么多的挫折啊。找一个适合自己，对自己好，疼自己，爱自己的，平平淡淡地过一辈子，夫复何求！

暗恋不过一场热伤风

最爱的人最先放手，
距离产生美，
留些美好的回忆总是好的。

傻小子平时傻傻的，生性木讷，性格内向。但有时却不傻，要不怎能考上中南大学呢？高中只顾学习，没有交过女朋友，在大学看到一对对小情侣花前月下，煞是羡慕，所以傻小子也决定好好谈一场恋爱。

学校自己选课，傻小子故意选到文科班的老师那里去上课，只为能遇到自己的"意中人"。

上历史课，傻小子果然见到一个漂亮女生。他走上前去，微笑一下，坐在她旁边。由于太过紧张外加"经验"不足，竟一时不知道说什么好。他红着脸，转过头，问："你是学哪个专业的？我机械的。"

那女生却冷冷地答道："美术的。"

见不好搭讪，傻小子沉默着上完了历史课，只是他的眼睛却不

"沉默"，时不时地往那女生身上乱窜，越发觉得她漂亮无比，心中不得不暗自佩服自己的眼光。

第二次上课，傻小子觉得还是不好"下手"，他不想给她造成轻浮的印象，便没有说话。课后却又暗自悔恨，没有把握好机会，发誓下次上课一定要有些收获。

第三次上课，傻小子鼓足勇气，才吐出一句话："能借你的书看一下吗？我不知道老师讲到哪里了。"

女生递过书来，傻小子赶紧翻开扉页，上面醒目地写着"胡楚楚"三个大字，恐怕这世界上再也没有什么事能够如此深刻快速地刻到傻小子头脑中。他急急忙忙地把书还给她，却发现她正对着自己傻傻地笑，那微笑正如一朵刚泡进热水里的茉莉，正氤氲着舒展开来。也难怪傻小子那节课什么也没听进去，胡楚楚和那迷人的笑，一直印在他的脑海中挥之不去，也不想挥去。

傻小子一路哼着小曲，满足地回到了宿舍。瞟一眼，见室友在校内网上投票，校内网是最受大学生喜欢的网站之一，绝大部分同学都会在上面注册，有很多用处。

傻小子不禁头脑一热，就在那一刹那，一个想法电光火石般地闪现出来，脸也因激动而发红。他不得不暗自佩服自己是个不可多得的天才。他赶紧在校内网上注册了，查找她后就想加她为好友。那女生在线，很快就通过了他的请求。不仅如此，傻小子还发动了一个新的投票：你是什么时候开始谈恋爱的？

　　A. 小学的时候

　　B. 初中的时候

　　C. 高中的时候

　　D. 大学，正在恋爱中

　　傻小子觉得还不放心，为了保证"目标"能上钩，他又特意在投票总结一栏中写道：真诚地感谢你的投票，特别是我新加的好友，请你们一定要投票哦。

　　那以后，傻小子整天魂不守舍的，下课就一路飞奔至宿舍，上校内网，看"目标"投票了没有，呆呆地守在电脑旁。

　　然而，一天过去了，没有答案。无奈，傻小子只好不安地睡下，焦急地期待着第二天会有答案。但三天过去了，还是没有答案。傻小子有些按捺不住了，又在投票页面上加上"邀请好友参加投票"。

　　没想到，这招还真奏效。第四天，傻小子就看到"目标"投票了。

　　老天好像偏偏爱和傻傻的人开玩笑。

　　傻小子傻眼了，"目标"投给了 D. 大学，正在恋爱中。苦苦等待了几天，却等来这个答案。傻小子失恋似的唱起了"为什么受伤的总是我……"

　　晚上，傻小子买了很多零食，还有啤酒，请室友海吃一顿，按他的意思说是要借酒浇愁。他还自言自语地说，最爱的人最先放手，距离产生美，留些美好的回忆总是好的……

　　傻小子失恋了吗？我不知道。但我知道，此刻傻小子正躺在床上，打着呼噜。是啊，或许傻小子说得没错，留些美好的回忆在生命中总是好的。

用尽了全力，只为在一起

生活是用来经营的，不是用来计较的，
感情是用来维系的，不是用来回忆的。

春节回家过年的时候，趁着大家都有时间，跟多年不见的好友聚了聚。从她那里得知，她今年就要结婚了。

高中时期的我们一直都是一个班，那时候我们的座位隔得很近，性格也比较合得来，所以就成了很好的朋友。毕业后不知道是什么原因，她没有上大学。

在上高中的时候，知道她谈了个男朋友，那男生也是我们学校的，两个人爱得轰轰烈烈。

那时的他们天真无邪，说要上同一所大学，一起天荒地老，海枯石烂。可是等高考成绩出来后，一切都变了。男孩子的家人知道了他们两个的事情，逼着男孩子跟她分开，然后把男孩子送到了外省的一所封闭式的军官学校，阻断了他们之间的一切联系。

那个时候她甚至认为这个世界上已经没有什么值得她留恋的，连轻生的念头都有过，直到遇到现在的这个男孩。

　　男孩是父母给她介绍的第 N 个对象，一个退伍军人，她为了不让父母再找人介绍，就抱着试试看的想法，和男孩相处了起来。

　　开始的一段时间，她在父母面前跟那个男生有说有笑，看起来相处得很融洽，但私下里却对他十分抵触，总是不给他好脸色看。男孩却一直不以为意，对她一如既往，很关心。每天总来接她上班，送她下班，即使她从来都没有打算接受过他。

　　两年来，她对他始终是不冷不热。她总对父母说他对她另有所图，因为男孩长得并不帅气，家里也并不富裕。他对她是真心的，她也看到他一直在为讨好她而努力地编造着一些漏洞百出的笑话，被她呼来唤去，百依百顺。但她却始终无法真正接受他对她的好。

　　后来发生了一件事，彻底击溃了她心中的最后一道防线。

　　那天，下着滂沱大雨，据电视台报道说，那是 30 年一遇的大雨，他匆匆忙忙地跑来给她送伞。当她下班来到楼下时看到了在下面等待多时的他。正准备上车的时候，突然听到楼上"轰隆隆"的一声巨响，房子已经开始偏斜了。他立马为她穿好雨衣把她带上摩托车，以最快的速度离开。在回家的路上，她突然沮丧地说起了自己的 U 盘还放在办公室的抽屉里。他把她安全地送回家后，就飞快地向她的办公楼冲去。她在后面声嘶力竭地叫他不要去，而他却像什么都没听到一样，因为他知道 U 盘里面装着的是她竞选部门副经理的所有资料和全部客户的联系资料。

　　她急着穿好雨衣也跟了出去，赶到办公楼时，楼房正好轰然倒下了，她的心瞬时无比疼痛，比跟原来男友分开还痛。

　　街上一片混乱，她大哭着，冲向了废墟，四处大声呼喊着男孩的名字。不知道过了多久，她才隐约地听到有人在叫她的名字。她走过去看见男孩下半身压在废墟里，正使劲地往外拉扯自己的身体，却无能为力。她擦拭着眼泪，使尽全力，配合着男孩，居然把压在男孩身上的那块巨大的板砖掀开了，然后紧紧地抱着男孩痛哭起来。

　　男孩把 U 盘带回来了，也住进了医院。伤的不是很重，而她却把他当作重伤病人，无微不至地照料着，又是煲汤又是做饭烧菜的。等他痊愈后，他们就名正言顺地订了婚。

　　他们用两个人凑起来的十万块钱做资本开店，前年还加盟了一家知名家电品牌店，并得到了之前客户们的大力支持，生活真正稳定了下来。去年他们买了房子、车子，今年六月就打算结婚了。

　　后来我问她："原来的那个他有没有来找过你，你真的不爱他了吗？"她说，其实原来那个男孩毕业后，他们又联系上了，他来找过她很多次，并说服了他母亲要跟她复合。但她很快地发现，现在的男孩早已不再是当年的那个懵懂少年，她也不是当年的那个无知少女，一切都回不到从前了。直到身边的这个男孩受伤，才让她真正明白，生活是如此的简单，生命是如此的脆弱。

　　她说，人的一生当中哪里有那么多的精力去顾及情感，生活已经够累，爱情哪里还经得起那么多的挫折啊。找一个适合自己，对自己好，疼自己，爱自己的，平平淡淡地过一辈子，夫复何求！

　　是啊，生活是用来经营的，不是用来计较的；感情是用来维系的，不是用来回忆的。眼前的一切才是最值得珍惜的，又何必活在虚幻中呢？

找到属于你的爱情坐标

爱，并不仅仅是浪漫，

更是一种理性。

面对一份毫无价值的爱情，

我们又何必过分执着呢？

正值春天，一个周末的晚上，小米正在心理咨询室值班，一个女孩推门进来，面容憔悴。女孩想询问小米有关爱情的问题。女孩说她爱上了一个有妻室的男人。女孩还说她很爱那个男人，爱得痴心绝对，无怨无悔，可是前几天那个男人的妻子来找她了。她们整整聊了一个下午，他的妻子说了许多关于他们的爱情故事，说至动人之处，不免泪雨纷飞。女孩忽然觉得自己有一种犯罪的感觉，她也曾尝试去摆脱她爱的那个男人，但是她失败了，她无法摆脱爱的纠缠，她正处于感情与道德的十字路口……

小米听完了女孩的诉说，不禁百感交集。她沉吟了好半晌，才说："这个问题让我好好想想再回答你，好吗？请你下周的这个时候再来，行吗？"

女孩看了看她，略带失望地说："那好吧！"

送走了女孩，小米并没有离开，而是泡了杯咖啡，继续沉思起来。说实话，要是以前她遇上这种事情，会毫不犹豫地告诉女孩怎么做。因为对于女人来说，爱情总是自私的，两个人的情感世界不可能容得下第三个女人。但是她现在也迷惘了，她也不知道怎么办。而且她和那女孩一样，也处于感情的困惑中，因为她的男朋友也有了外遇。

那是在一个月前的一个周末的晚上，她忙完了工作，回到寝室。也不知为什么，那天她没有走以前固定的路线，而是绕了一个长长的圈子，就在食堂后的那条马路上，她看见一个男孩亲密地搂着一个女孩，女孩正拿着什么东西往男孩嘴里塞。男孩对女孩亲密地说："艳子，我跟你在一起才真正知道了什么叫作幸福。"那声音是小米一辈子也无法忘却的，小米顿时觉得跟前一片黑暗……

第二天早晨，小米打电话给男友："今天天气好，咱们去北湖玩，好吗？"

电话里的声音显得很惊讶："去北湖玩？"

小米娇嗔地说："我这阵子太忙了，好久都没陪你去玩了。"

电话里的声音有点迟疑："那……那好吧。"

在北湖，阳光无限温柔，桃花、李花争相斗艳。小米和男友站在水旁望着那一江春水，水里一尾尾金鱼在快乐地游动。

忽然，小米问男友："一年前，就在这个地方，你对我许诺过什么？"

男友一愣，问："我说过什么？"

小米笑笑，说："你再仔细想想。"

男友哦了一声，说："我……我说我永远……"

小米伸出纤纤玉手，阻止了男友，说："别说了，只要你记得就行，这一个月来我的工作太忙了，所以常常忽略了你，可是你也不该……"

男友长长舒了一口气，说："小米，我知道是我不好，我的确很爱你，也常想着要和你一辈子到老，可是我慢慢觉得我们之间的距离越来越大了。你天天在忙自己的事情，很少和我在一起，也很少和我交流。小米，要知道缺少交流的爱就会变得陌生和荒芜……"

小米紧紧地抓住男友的手，认真地说："那么我们两个人的爱情之圆就真的无法再叠成一个同心圆了吗？"

男友说："你说呢？"

小米说："你说你会一辈子爱我，那我也要说，我会一辈子爱着你，只要我俩都朝着同一个轨迹一起转动爱的轮盘，不就能同心同生了吗？"

男友无言以对。

下一个周末之夜，有轻轻的春雨飘落。

　　女孩再次推门而进，说："小米姐姐，上周我问的那个问题，你有答案了吗？"

　　小米嫣然一笑，说："想好了，首先我想告诉你，爱一个人本身是没错的，但问题在于这个男人值不值得你去爱。你之所以会来询问，说明你自己也没有答案，也摇摆不定。虽然你也想有个圆满的解决方法，但我要遗憾地告诉你，那是不可能的。"

　　女孩说："可我真的很爱很爱他！"

　　小米说："那你这种爱又有多久的保质期呢？"

　　女孩摇摇头。

　　小米继续说："就算你爱得死心塌地，那又如何，你能保证他给得起金钱又能给得起婚姻吗？就算你不在乎爱的结果，但对一个能脚踏两条船的男人来说，他今天能爱你一辈子，明天就能对另一个女孩说爱她一辈子。"

　　女孩不出声了。

　　小米说："爱，并不仅仅是浪漫，更是一种理性。面对一份毫无价值的爱情，我们又何必过分执着。要知道我们还年轻，有的是选择的机会。既然爱的结果注定了是粉身碎骨，那又为何不急流勇退呢？"

　　女孩还是不出声。

　　小米说："要知道对一个女孩来说，开花的春天能有几个？所以我们每个人都应该也有必要找准自己的爱情坐标，你好好想想吧。"

女孩什么也不说就走了。可没过多久电话又响了，电话那头的女孩说："小米姐姐，我决定离开他了。"

小米问："你想通了。"

女孩说："小米姐姐，真抱歉，在没征得你的同意之前，我把你的讲话录了下来，拿给他听，也不知为什么，他听完就一声不响地走了。我知道，他这一辈子都不会再找我了。"

小米问："真的就是这样吗？"

女孩的声音有些哽咽："小米姐姐，真的很谢谢你，你的话让我明白了春天对一个女孩的重要性，也让我明白了在他那里没有我的爱情坐标，我一定会找到我的方向，谢谢你，小米姐姐。"

女孩说完就挂了电话，而这头小米拿着话筒仍在发呆……

开往秋天的地铁

春天的午后，
她带着儿子和那个英俊的法国艺人牵着手，
微笑着走进了地铁。

　　每天这个时候，她都坐地铁下班，她会提着一个黑色的小包准时出现在候车的人流里，和所有脚步匆匆的过客一样，飞快地掏出一张卡刷一下，接着挤进了狭窄的通道里。

　　那个时候正是鲜花盛开的季节，空气里充满了桃花的清香。那个时候，她和一群年轻的朋友一起偷渡来到了美国，为了能拿到绿卡，她像很多年轻的女人一样做了件自认为聪明绝顶的事。尽管那个美国白人一再保证会娶她，一再保证会放弃跟他有 5 年婚姻生活的妻子来娶她。

　　地铁有时来得准时，有时会来得很迟。但不管怎样，她都一脸轻松，她从来不抱怨生活，因为她知道只要有耐心，总会有一辆车将她载向那个有梦的港湾。地铁晚来时，她也会看看左右陌生的人们。

　　在地铁的楼梯处坐着个拉二胡的法国人。他穿着一身深蓝色的牛仔服，留着长发，浑身透出一股艺术气质，刚毅中又不失温柔，他拉的曲子十分动听，也许他才是个真正懂得生活的人，她想。

可惜在这个物欲横流的社会，这个拉得一手好二胡的法国人就像大海里的一滴水那么渺小，很快就会被纷涌的人流所吞没。那些生活在大都市里的人们，生活在名利场的人们，又有谁会去留意一个普通艺人的存在呢？尽管，他的音乐那么具有东方魅力，忽似高山流云，忽又似小桥流水。

但她会，她每每经过法国人身边的时候，总会用心地去聆听。在他轻盈流畅的音乐里，她能捕捉到一种宁静的感觉，一种回家后温馨而宁静的感觉。有时她真想和那个法国人好好聊聊，聊聊北京，聊聊二胡也好。但她每次都忍住了。因为地铁呼啸而至，她只能迅速地挤进人流里。透过车窗，她看见他朝她微微一笑，一眼的温情。这是个美丽的下午，她坐在地铁中这么想。

心情好的时候，她会跟我说说她的心里话。虽然我和她都是偷渡者。但是我知道，我们将会有两种截然不同的命运。而且我也知道，她不会去爱上一个法国艺人的，因为她的梦扎在美国。可我们每次聊天时，她总会情不自禁地聊起那个法国人，还有那温情的一笑。她说的时候，很认真也很开心。

日子在一天天地过，就像喝白开水一样，很平淡。有一天她忽然找到我，说："那个美国佬，他答应和我结婚了，婚期就在这个月末，祝福我吧。"接着她顺便提起了那个法国艺人，她说："要是能再次听听那优美的旋律，那该多好啊！"她说的时候，一点也不开心，从眼睛到嘴角都写满了失落。

我顶着刺骨的寒风给她买了件厚棉衣，原以为她会欣喜地收下，没想到她看都不看一眼就塞回我手里，说："用不着了。"

在一年后春风荡漾的某个周末，我的朋友给我带来了一个坏消息，那个美国白人扔下了她，去和一个越南女人结婚了。我一点也不惊讶这个消息，就犹如我不相信这个世界上带有功利的婚姻会有很长的保质期一样。

"那她呢？"我问朋友。

"她呀，听说前几天去找地铁里那个法国艺人去了。"朋友说。

后来我也曾见了她一次，她带着小孩正在公园里拉二胡。她说："我过得很好，过几天我们就回中国，回我自己的家，那里才是我扎根的地方。"

回去也好，我望着她一脸幸福的样子，不禁感叹。虽然我不知道她是否完全从那场卖身的婚姻中解脱出来，但我知道她现在毕竟有了一个真正属于自己的家，还有了一个能爱她一辈子的老公。

时间这东西就像日历，轻轻一翻就过去了。于是我闲着的时候就会一遍一遍地想：春天的午后，她带着儿子和那个英俊的法国艺人牵着手微笑着走进了地铁。在我的想象中，那地铁宽敞而明亮，座位上坐着一个个幸福的旅客，桃花的清香就在他们的眼睛里跳跃着。那班地铁呼啸着前进，一直开往硕果累累的秋天。

一米阳光

> 我想：真实的爱情之旅就如画圈，
> 只要不望空兴叹，
> 定能画出恰当优美的弧线。

我大学毕业后在一所中学工作了好几年，一直过着单身贵族的生活。虽然我也找过几个女孩，但总是见了几面后便匆匆分别，以至于她们的影子没在我心里留下任何痕迹，纵使有淡淡的一抹温柔，也被时间洗涤得无影无踪。

25岁那年，我成了一所学校的研究生。业余时间，我便在校报编辑部上班，坐在我对面桌的是一个叫晴的女孩。认识她的人都说她是个很高傲的女孩，男朋友是武汉大学的博士。她也喜欢写文章，文笔不错。她在这一点上是与我相同的。我也经常写点豆腐块的小文章，偶尔还能发表几篇，卖些银子换酒喝。

晴似乎对我的那些东西颇感兴趣，她告诉我她认真拜读过我的每一篇文章，还写了不少心得。她说罢便拿过来给我看，我看后一脸通红，我说你的文章内涵远胜于我，看来我得向你多学习。她倒也不客气，对我刚写的一篇散文提出了很多意见，俨然我就是她的一个学生。

半个月后，我的这篇散文在一家报刊发了，我便拿了样刊给她看，顺便也说了很多感谢的话。就这样，我们聊了起来。

晴问我："你都是二十好几的人了，怎么没找女朋友呀？"

我微微一笑说："我一直都在苦苦寻找，但总找不到令自己满意的啊。"

晴略微沉吟了一下，说："那我给你介绍一个，好不？"

我说："你不是拿我开涮吧？"

晴说："真的，我有一个极好的朋友，她想找个男朋友，你人品不错，又有才气，我给你当介绍人，好不好？"

我微笑着，以为晴不过是说说而已。

我之所以微笑，是因为我觉得微笑是男女沟通最短的途径。

但没料到，仅过了一天，晴便到我的寝室来了，将那女孩的情况细细地介绍了一番。晴又将那个女孩发表的几篇文章给我浏览，文字干净又不失灵气。晴告诉我，女孩想约我明天中午在酒吧见面。

那天，我和晴结伴来到酒吧，坐在南边靠窗的位置。一米阳光就斜斜地射在我的啤酒里，我端起来，一饮而尽。但不知为什么，我等了快两个小时了，那女孩仍不见影子。我不禁有些急了，晴说："她可能是有事走不开，不过感情这事，还是要慢慢来，不能急的。"

我想也是。

第二天，晴告诉我女孩失约的原因，原来那女孩刚刚和她结了婚的男友分手，当她得知晴没把这件事跟我说清楚时，便没有来。晴说："如果你不嫌弃她的话，那这个周末，还在那个酒吧见面吧。"

我说："谈不上嫌弃。"

晴说："那就好，我相信那个女孩一定能成为你的知音，真的！"

我微微一笑。晴像是看出了我的心思，十分认真地说："我回去一定跟她好好说说，你也不要心急，好事多磨啊！"

晴的话让我想起了以前的那几个女孩子，之所以匆匆分别，不就是因为彼此之间没有共同语言吗？我说："说知心话，要找也要找像你这样的女孩子。"

晴脸一红，幽幽地说："你的愿望一定能够实现的。"

周末那天上午，晴又来找我，说："你考虑得怎么样了，如果你愿意的话，中午就在那家酒吧见面吧。"

我想，要是能碰上像晴这样的好女孩，我一定不会错失机会的。回到寝室，我换上了前天才买的一套新西装，匆匆赶去酒吧，仍坐在同一个位置，仍有暖暖的一米阳光。

晴也来了，着一袭长裙，美丽逼人。我们天南地北地聊了很久，但女孩依旧没有来。我抬腕看看表，已是下午三点，我想与其在这里消磨时间，还不如回去做点有意义的事呢，于是我起身说："既然她不来了，我们走吧。"

晴笑了，笑得十分开心："她不就在你的眼前吗？"

我惊讶失色："是你！你说的那个女孩原来就是你自己？"

晴笑着说："怎么，不可以是我吗？"

原来，晴早跟她那个变心的男朋友分手了，只是她从没说起过。我不禁心潮澎湃，幸亏自己没走，没有失去这爱的机遇。我忍不住走过去，紧紧地抓住晴的手，抬头看时，那一米阳光就映在我们的眼睛里，将我们紧紧地融在了一起。

我想：真实爱情之旅就如画圈，只要不望空兴叹，定能画出恰当优美的弧线，只要随着爱的同心圆一起转，定能得到圆满并将永恒。

最后一封信

我已经做好了思想准备，
当你来接我时，
我就做你的新娘。

在朋友的生日宴会上，我被一个女孩深深吸引住了。女孩叫萍，有着高贵的气质和华丽的外表，从看到她的第一眼起，我就觉得她的身影是如此熟悉，像是在梦里遇到过千百回。

我很自然地走过去找她搭讪，萍对我的到来似乎早有了心理准备，她的回答从容而不失幽默。我们聊卡夫卡，聊 80 后文学，聊中国的足球水平，聊着聊着，话题又转到各人的情感上，萍告诉我她现在还是单身，那一刹那我心里激动极了，便问了她的详细地址。

回到家里，我立刻写了一封热情洋溢的信，在信里我告诉她自己的真实想法，顺带也附上了几首缠缠绵绵的小诗。信很快寄出去了，接下来的日子里，我唯一能做的事情就是等待，满怀希望地等待。每一天，看着绿色的邮递车路过家门时，我都会远远地跑上去，然后满脸失望地走回来。等待的日子里，一天犹如一个世纪那么漫长。

我想萍也许已经忘记我了。就在我快要绝望时，信来了。我小心翼翼地把信封剖开，取出一张粉红的信笺，上面却什么也没有。我惊诧极了，马上回了封信，问她为什么，我照例又附上了几首小诗，附上了我这几周洪水猛兽般的思念。

我很快又收到了回信，不过仍是一张什么也没写的粉红色信笺。我不知道萍心里是怎么想的，但我想我是不会放弃，就算只有一丝希望，我也要去争取。

很快，我的书桌上摆满了70封萍的信，每一封都只是一张空白的粉红色信笺。而在这时我身旁又多了一个女孩，是青梅竹马的伙伴。这几年她在北京读书，我们联系比较少。女孩回来后告诉我，其实她很早就已经喜欢我了。不过，我对她没什么感觉，我所在乎的只是那个仅仅只给我一纸空白的萍。

我依旧给萍写信，信里装满了我真挚的思念，也装着我一串串疑问，可是萍回答我的依旧只是那张空白的信笺。我的心被深深地伤着，有时在梦里我常想我这样做究竟值不值得，我不知道，我无法回答。到了第99封来信时，母亲打电话给我，让我早日成婚。母亲本来身体就不好，我的婚事一直是她最大的牵挂。在这期间，女孩去过我家里几次，母亲对她甚是喜欢，女孩家里人也早已把我默认为女婿。

　　我最后给萍去了一封信，在信里我详细描述了我的现状，也包括出现在身旁的女孩，我希望萍能给我一个明确的答复。

　　一周后，当我拿到了回信，感觉仍和以前一样的轻薄，一样的软绵绵。我彻底绝望了，没有勇气再打开信封，去接受那最残酷的打击，我把信扔到了垃圾筒里，我想我应该和萍彻底告别了。

　　成婚后，我们的小日子过得很和谐。女孩在家里家外都是一把好手，母亲从心底喜欢她，也常在我面前感慨："军子，不是我说你，这个女孩比那个理都不理睬你的女孩强多了，幸亏你的眼光没打弯，要不你准后悔一辈子。"

　　接下来的日子，我很自然地想着妻子的种种好处，慢慢地淡忘了萍的存在。

　　一次到长沙出差，很偶然地在饭桌上遇到了萍，她此时已是一家公司的部门主管。对视的刹那，我看到了她眼神里深深的哀怨。我不敢与她说话，我怕一开口伤害的就不只是一个人。

　　回来后，我把我的疑惑告诉了妻子，妻子也不说话，跑回书房拿了一封信给我，正是当年我扔掉的那封。

　　"我打扫卫生时看见的，我想你将来一定会看的，所以没扔。"妻子说。

　　我小心地把信封打开，有一张粉红色的信笺飘了下来，上面写了两行娟秀的字迹："我已经做好了思想准备，当你来接我时，我就做你的新娘。"

握着那一张沉甸甸的信纸，我猛然觉得头脑里一片空白，眼泪也不争气地流了下来。

一个华丽短暂的梦

女孩望着湖面上两只游弋的天鹅，

突然摇了摇头，

又伸出手紧紧攥住了小马，

生怕一放手，就会失去什么似的。

　　小马每个周末都要到静静书屋去买一本书，买那种高雅的，看起来赏心悦目的书。

　　小马很喜欢书店的设计，墙壁上挂着各类姿态的花鸟画，壁橱里摆放着各式各样的书籍，而门外是高贵的君子兰，再加上轻轻的音乐作为背景，纵使在这里只待上一两分钟，也觉得心旷神怡。

　　小马更喜欢书店女孩的气质，清纯、干净而又不失热情。更重要的是女孩还写得一手好诗，顾客买几次书后，她常将自己的诗作写在卡片上赠送给顾客，据说女孩还两次参加过青春诗会。

　　女孩也注意到，小马每次都是在周六下午四点的时候准时出现，他举止文雅，眉宇间有一股隐藏不住的英气。买书期间女孩已几次送诗给他，小马每次都欣然接受，但奇怪的是，他从没对女孩评价过她的诗作，这使女孩有些怅然若失。

　　有一次，小马走进书店，买了一本李亚伟的《豪猪的诗篇》，然后有些踟蹰地问："这几天，我也写了几首诗作，但感觉不是太好，能请你抽空到我那里指点指点吗？"

　　女孩欣然同意了。

　　这天，她随小马走过了几条大街几条胡同，走进一个居民小区里。小马就住在二楼。房间里摆设很简单，只有一张单人床，一台电脑，余下的全部都是书。每一本书都摆得井然有序，地上也很干净，看来他是一个挺细心的人。小马把她领到书桌旁，打开电脑，上面有他的三首诗。女孩认真看了几分钟，开始移动鼠标，告诉他这句该怎么改，那句该怎么修饰，说完了，女孩便在床边坐了下来，小马开始认真地修改。女孩注意到枕头旁有一个盒子，她赠送的几张卡片都放在里面。

　　小马忙完了，又为她打开一瓶饮料，问："你叫静吧？"

　　女孩看着他："你知道了？"

　　小马说："我猜的，静静书屋嘛。"

　　女孩说："我叫静，也喜欢安静，所以就叫静静书屋了。"

　　小马说："名字真好，我第一次去买书，就是奔这名字去的，让人有一种家的感觉，那时候我就在想，这家店老板一定叫静。"

　　女孩甜甜地笑了，反问他："听口音你不是本地人吧？"

"不是，我家是 A 市的。"

"噢，我看你这里挺静的。"

"是的，我也喜欢这里的环境，远离城市的喧闹，很好。"

"你怎么会到这里来住呢？"

"租的，挺便宜，在学校住太吵，我就到郊区租了这间房子，宁静致远嘛。"

又坐了一会儿，女孩看着他，起身告辞，小马也没挽留。

小马还是很正常地在每个周末到书店去买一本书，只是从那一次交谈以后，他们总是在书店里交谈一阵子。有时书店里生意好，小马干脆帮起忙来。渐渐地，小马在书店待的时间也越来越长，但毕竟要走，每次看到小马的背影消失，女孩的心也怅怅的。

后来不知道是谁主动的，他们的谈话从室里走向了室外，甚至电影院，运动场也有了他们成双的身影。在女孩的指点下，小马的诗写得越来越好，有几篇还在报纸上发表了。

那一次，在北湖边，小马告诉她，他本来不是在这个城市工作的，他大学毕业后分配到 A 市的一所重点高中教书。后来他舅舅调到这个市当了副市长，舅舅从小就喜欢他，通过关系把他调了过来，让他在市教育局工作。他工作上兢兢业业，几年的时间就爬到了科长一职。正当他满怀信心地向副局一职冲刺时，舅舅被提拔到另一个市任职了。没有了强有力的后援，他升职的事就不太顺利了。

小马说完长长地叹了一口气。

女孩望着湖面上两只游弋的天鹅，突然摇了摇头，又伸出手紧紧攥住了小马，生怕一放手，就会失去什么似的，心里有些迷惘。

就在这时，小马提出让女孩为他写一首诗的请求。

女孩听他讲诗的意境：一方碧波，一只飞翔的青鸟，水面有小小的波浪，水上有无垠的蓝天。

女孩点点头，知道他写的是他此时的心境。

女孩很认真地写，反复修改了几次，直到写得满意了，认为已写出了那种意境，才把诗写在卡片上，然后静待小马的到来。

然而，一个月、两个月过去了，却不见小马再到书店来。

终于，女孩忍不住了，带了那首诗找到教育局。她问："小马在吗？"一位值班的同志告诉她："小马啊，他舅舅调到大城市去了，他也离开教育局调到市委去了。"

女孩捏着卡片怏怏地走到北湖边，在他们曾坐过的地方，把卡片丢进了湖里。

山上的女人

女人从里屋走出来，
两眼直直地望着他，
里面藏着太多太多的渴望，只是作家看不懂。

作家在山顶的一方小石头上写了一天的小说，东山奇绝的风光令作家流连忘返。写得有些冷了，作家决定收好书稿进村讨碗水喝。

小村很静。

山虽然是好山，但坐落在山下的小村却显得很荒凉、偏僻。作家沿着一条狭窄的石板小路走了一截，抬手敲响了一家的门。门开了，出现一张女人的脸。

作家连忙说："我在山上写东西，很渴，想讨碗水喝。"

女人警惕地回望了几眼，才拉开门："进来坐吧。"

作家听着不禁有些迷惑了。听口音女人不像是本地的，川味很浓，再仔细打量那女子，面貌虽好，但头发凌乱，脸上还挂着淡淡的泪痕。

房中摆设极其简陋，一张竹桌子，几条竹凳子，不见彩电，也不见其他什么贵重的物品。女人端来一盆凉水，又从橱子里拿出一方脸巾，新的，拧了几把，放在里面让作家洗。作家洗了，刚坐下，女人又端来一碗茶。作家喝了一口，顿时觉得有一股甜甜的味道直冲四肢百骸，作家禁不住伸出大拇指称赞："还是山里的水好喝。"

"大叔，那就多喝点！"女人又续水，声音甜甜的。女人转过身时，作家看到她的手臂有一条鲜明的伤痕。

女人愣愣地看着他喝水，嘴唇张了几下，想说什么话，却又不住地朝里屋望。

"姑娘不是本地人吧？"

女人还没来得及张口，便有一个高大汉子从里屋奔出来，大约40岁年纪，一脸的沧桑。作家连忙说："我是到山上游玩的，渴了，来讨口水喝的。"

女人摊手："这是我丈夫。"

汉子平静地说："你还要什么吗？"

作家又连喝了几大口，连忙起身，说："不需要了，兄弟，谢谢你们的热情招待，趁天早，我再去逛逛。"

又重回到大山的怀抱里，听小鸟欢快的叫声，看奇石奇树。不知咋的，作家的心却再也静不下来了，他脑子里闪过女人那带着血痕的手臂，闪过那女人忧郁的眼光，闪过那女人欲言又止的神态。直到晚霞染红了山头，作家准备回去时，突然发现少了什么东西。

于是他又匆匆地踏上了小村的石板路。

这时，黄昏的小山村也开始热闹起来，外出的，砍柴的，下田的，都陆陆续续往家里赶。作家经过小路时，不断有人投来惊异的目光。敲了门，这次开门的是汉子，一脸的愤怒。作家连忙说："兄弟，我刚才是不是有什么东西忘记带了，是一个大本本，记东西的。"

"是这个吗？"女人从里屋走出来，手里捧着他丢下的笔记本，上面夹着一支笔，两眼直直地望着他，里面藏着太多太多的渴望，只是作家看不懂。

汉子狠狠地哼了声，转身接过笔记本，递给他："还掉什么东西吗？"

"没有了，麻烦你们了，谢谢。"

走出小村，走出大山，作家突然灵光一闪，连忙找了块石头坐下，摊开笔记本，瞬间就作了首小诗，题名为《大山上的女人》。写完了，作家风尘仆仆地沿着回家的路走。

一连几周，作家没再来。几天内降了一场雪，雪后的大山显得更加秀丽。

这天，作家又来了。作家看着雪后的山，看着树枝上挂着的雪球，激动地写了篇散文。写完了，累了，又去村里找水喝，仍是去那家，门却锁了。

有心人告诉他，前不久，这个户主从四川骗回来一个女人，三天前女人被救走了，汉子也进监狱了。

"那就好。"作家长长地舒了口气，心中那块高悬的石头终于可以放下了。

作家又去写诗，作家笔下的女人显得分外亮丽。

爱与不爱都是伤害

> 冰儿知道，此一别，
>
> 她的人生旅程里，
>
> 注定将有一段细雨霏霏的江南雨季。

冰儿是一所重点大学的校花，她的冷漠和无情不知弄疼了多少追求者的心。

一次，冰儿在采访本地 80 后诗歌群体时认识了阿火。阿火并非冰儿的采访对象，但在此之前，冰儿经常从各大报刊上拜读过阿火的诗作，她很喜欢阿火那细腻、温柔的文字。为此，她还经常去阿火的博客上逛逛，有时也写上一两段赞美之词。

当冰儿的一个 80 后作家朋友把阿火介绍给冰儿认识时，冰儿脸上露出了毫不掩饰的惊喜之情。因为对她来说，阿火就像是她心里的神，如今这神还原成了实实在在的人。

令冰儿惊喜的是，作家阿火就跟她想象的一模一样，文雅、冷静而高贵。当冰儿跑到他面前采访的时候，难能可贵的是阿火脸上一直都带着淡淡的微笑。采访之前，知情人士就曾透露，阿火自去年年末开始就几乎没笑过。所以，那一刻，冰儿心里感动极了。

那一次，冰儿和他整整聊了两个小时，已远远超过当初约定的半个小时。阿火给冰儿讲了许多她听都没听过的作家名字，并顺带讲了一些发生在作家身上的趣事。讲得累了的时候，阿火便打开一瓶饮料，递到冰儿的手上。阿火的细致让冰儿的心生起相见恨晚的感觉，让冰儿心里瞬间爬满绵绵的温馨。这是冰儿头一遭对男人动心。

彼此离别的时候，冰儿是低着头走的，不敢回头看他。冰儿知道，此一别，她的人生旅程里注定将有一段细雨霏霏的江南雨季。

冰儿的那次采访很成功，在阿火的指引下，她又采访了本地一些知名的 80 后作家，并在学院里申请了一个 80 后诗歌群体研究的项目。两个月后，冰儿的研究成果在省社会科学研究杂志上发了，冰儿很高兴，她特意打了一个电话给阿火。阿火在电话那头听了也很兴奋，可说着说着冰儿突然哭了起来。阿火问："你咋了？"

冰儿没有回答，只是闭着眼睛喊了一声：阿火。阿火确实是长到冰儿心里去了，这三个月来每天夜里做梦时，冰儿都能看见他。

阿火又说："你在哪里？要不我来见你？"冰儿仍是没有回答。阿火又说他对冰儿印象很好，仿佛一见如故的朋友。

"真的？"冰儿止住了泪，认真地问。

"真的。"阿火在电话那头认真地说。

冰儿想，阿火终究是没有把她忘记，便问："要不我去见你吧。"

阿火说："那好，你来吧，我在老地方等你。"

冰儿出发的时候，天放晴了，这是一个月来少有的好天气，这是一个好兆头啊。冰儿坐上一辆的士，义无反顾地走向一个真实的梦，走向她心中的阿火。

那是一家很雅致的茶馆，冰儿和阿火面对面坐着。

当服务员走上来问要喝什么饮料时，冰儿不假思索地说："相思豆。"冰儿一直想喝这种饮料，虽然她从来没喝过，她也只是听朋友说那是情侣间必点的一种饮料。冰儿一直渴望着有这样的机会，她说的时候，偷偷去看阿火，看见了阿火眼中隐现的一片温柔。

"那么，来一杯相思豆、一杯铁观音好了。"阿火淡淡地说。

冰儿感觉到阿火的眼光在她脸上闪了闪，冰儿禁不住红了脸，心中好像有一面小鼓，一直不停地在咚咚咚敲着。慌乱之中，冰儿听见阿火说："冰儿，说说你以后的打算吧。"

冰儿没说自己，只说这三个月来她每一天做梦都能梦到阿火。冰儿说这话时，就像已开闸的洪水，没有了节制。冰儿隐约中又捕捉到了阿火的眼光，仍是那么温柔，那么令人怦然心动。

等冰儿说完的时候，外面晚霞已染红了山头。阿火就那么看着冰儿，一句话也没说。冰儿突然觉得阿火英俊得有点遥远而不真实。等到该说再见的时候，阿火只是淡淡地挥挥手，转头就走了。

冰儿望着他离去的背影，眼里泛起一片朦胧。

回去后没几天，冰儿就收到了一本阿火的散文集《流水的声音》，扉页上赫然写着：爱与不爱都是伤害。

冰儿在阿火的书中读到了一个叫"相思豆"的故事，知道了一个叫云的女孩子，一个在茶馆里也经常点"相思豆"的女孩子，一个为了阿火最终殉情的女孩子。冰儿在读那篇文章时，感觉到了来自心灵的强烈震撼。

"云的自杀让我感觉到了世界的崩溃，说实话，到现在我仍无法接受云的离开。我是爱云的，只是现实的原因注定了我不能和她一块给予，不能和她一块拥有……"冰儿读到这里时，眼泪禁不住落了下来，落在了书上，也落在了自己的心里。冰儿不知道那泪水有多少是为了云，又有多少是为了自己。

从此，冰儿和男孩子一块去茶馆喝茶时，就再没有点过"相思豆"了，因为她知道那是不属于她的饮料。

不过，冰儿仍会看阿火的作品，看阿火的文字时，她的眼里常会闪出一大片泪光，一片柔情，一片仅对自己的温柔。

多远都要在一起

那一刻，

什么年龄的悬殊，距离的遥远，

娟子都不再想了，

她的心海彻底决堤了。

海是一个 30 岁的男人，曾经爱过几个女孩，真心真意地爱过。

海和萍谈恋爱的时候，娟子一直是个热情的说客。那一年，娟子和萍同在一个学校教书，同住一间寝室，海对萍的关怀和体贴让娟子觉得爱情原来是如此美妙。娟子也想好好谈一场恋爱，全身心地去爱一回，哪怕是爱得海枯石烂，天崩地裂，也在所不惜。只不过那个时候，海的眼里容不下她。

然而海和萍还是没能笑着走到最后。在海和萍分手的那年夏天，娟子一个人来到了广东，进入一所小学教外语。离家的日子，娟子才真正体会到什么叫作乡思。她开始怀念以前的生活，怀念那个勇敢的男人，怀念一场爱情带给她的余温，娟子的眼睛里多了一种东西，叫作忧郁。

一个下雨的晚上，娟子的手机响了，想不到是海，娟子有一种压抑不住的惊喜。

"想家吗？"海在电话那头用沙哑的声音问。

"想！"娟子的回答很干脆。

"那好，就让我带着家的味道和你聊天吧。"海说。

那一夜，娟子和海也不知聊了多久，聊着聊着，娟子竟迷迷糊糊地睡了，等她从梦里惊醒的时候，才发现手机还握在手里，通话的讯号还没切断。

"你还在吗？"娟子觉得很不好意思，脸上爬上两朵红晕，羞怯怯地说。

"还在，我在听你睡觉的呼吸声。"海说。

娟子的心中暖暖的。

此后，海的电话每天都会按时打来，他们聊的时间一次比一次长，海会跟她谈谈这几年家乡的变化，娟子也会跟他说说自己的心里话。每一次娟子都在电话中入睡，每次醒来的时候，海的声音还在。在梦的刹那娟子忽然闻到了家的味道，那是一种崭新的家的味道，她的心在万万没想到的时间、地点，被万万没想到的人震动了一下……

事情就是这么自然地发生了，她也不想欺骗自己。她对这种感觉有点期待，却也有点迷惘，毕竟娟子是第一次谈恋爱。

有一次海在电话里突然问："你觉得我应该找个什么样的女孩子当老婆？"

娟子一下子呆住了，娟子不知道该如何回答这个问题，虽然她也渴望知道问题的答案。

时钟已经敲过 1 点。

"我是说，如果我想走入你的生活，你可否愿意？"海的声音有些急促。

娟子本是躺在床上，很舒坦的，忽然耳膜被震了一下，心脏成了身体海拔最高的地方，一股激情迅速蔓延开来，燃烧着她的四肢。

娟子很想说愿意，但是理智告诉她，如果真的开始了，两个人身处异地，如何维系，再说娟子只有 20 岁，他们的年龄相差太大了，娟子不敢再想。娟子突然挂了电话，有一滴眼泪悄然滑过她的脸庞，可手机再次响了，娟子没接，短消息也来了，娟子也不敢看。

娟子想忘记海，便去相亲。第一次和男孩见面的时候，娟子说她有一种很严重的病，治不好。后来这个男孩就没再跟她联系了。娟子心里清楚这样做，是因为她发现自己根本容不下别人了。娟子觉得自己已经陷得很深，很深，无法自拔。

电话仍旧会每天打来，直到第九天，娟子犹豫了片刻，才接。海在电话那头说："同事说，广东那边有所学校招人，你说我要不要来？"

"那要看你为什么来？"娟子淡淡地问。

"我知道你心里是怎么想的，可爱是没有距离的啊。"

"那边有我的思念，娟子。"海说完又轻轻地哼起来，"亲爱的，你慢慢飞，小心前面带刺的玫瑰……"

娟子听着听着，眼里噙满了泪。

七月的一天，娟子正在房里想着海，门铃突然响了。打开门，海捧着一大束玫瑰花，说："娟子，今天是你的生日，送给你。"

那刻，什么年龄的悬殊，距离的遥远，娟子都不再想了，她的心海彻底决堤了。娟子就那么傻傻地望着海，眼角湿湿的。海又从身后拿出一枚戒指，说："娟子，我爱你，嫁给我吧。"

半晌，娟子才哽咽着说："你会爱我一辈子吗？"

海说："会！"

娟子哭着又问："那么下辈子呢？"

海说："下辈子也是！"

娟子悠悠地笑了，笑得一脸灿烂，很美，很醉人！

时间会拉长爱的影子

我开始怀念她身上淡淡的味道，
怀念她对我的温柔与关怀，
怀念她看我时如水的眼神。

　　燕子是个大龄女孩，我在校园论坛上发了张"寻找合租伙伴"
的帖子后，她便来了。

　　她来时拎着大包小包，我欲起身帮忙时，她却说："用不着！有
搬家公司呢，像你这种男人我见得多了，随便找个借口，就想占女
人的便宜。"我想，她肯定是受过不小的伤害，要不然不会对男人
有这么深的成见。她的东西足足占了两个房间，从电脑到日常用品
都一应俱全。

　　有一次，我好奇地问："考研这段时间还用得着电脑吗？我都把
手机给卖了！"她瞥了我一眼，有些嘲讽地说："那是你不懂生活的
情趣。"说罢，就扔下一脸傻傻的我，进房去了。

　　我们约法三章：晚上不准出来串门，不准干涉对方的生活，电
费按七三分担。然而她还是干涉了我的生活。每天晚上她都把音响

弄得很大，放着流行歌曲。说实话，我对流行音乐并不感冒，也从不认为它能给我带来实质性的精神享受。开始时我还忍着，只是静静地看自己的书，后来，满世界都充斥着音乐，我实在忍受不了了，便去敲她的门。门开了，她嫣然一笑，眼里满是温柔："帅哥，什么事啊？"

我只是个考研族，之所以要找个伙伴，就是为了减轻自己的负担，并不想为自己找麻烦。我从鼻子里重重哼了一声，说："拜托小姐，能不能关掉这恼人的音乐？"她轻轻地笑了："哦，原来你不喜欢这个啊，我以为你也和我一样呢。"她的语气十分从容。

"我只是想多看点书，考研在即，我不想输得一败涂地。"我大声嚷着。

她突然静了下来，一个人默默地走到床边，坐下，眼睛也红了。其实，她不是一个令人讨厌的女孩，当时我就这么想。

"对不起，可能是我的语气太重了些。"我有些慌乱地说。

"其实，我也想看点书，只是静不下心来。"她垂下头说，然后又抬起头，望着我，目光如水，"愿意听听我的爱情故事吗？"

我无语地点着头。

她说她曾经爱过两个男生，用心地爱过。要知道在这个物欲横流的社会，真心真意爱一个人是件很奢侈的事情，她却做到了。那一刻我很佩服她的勇气和执着。她之所以会那么认真，那么用心地爱，只因为她还年轻，她一直把这个世界想得非常纯洁和美好。

然而理想与现实毕竟是有很大差距的，当她的初恋情人和她最亲密的朋友当着她的面热情亲吻时，她的心彻底死掉了。但后来她又在烈火中复活了，因为她遇到了第二个男友。他对她的温柔与体贴让她觉得生活有了希望。她又一次投入，又一次全身心地去爱。直到一个陌生的女人狠狠扯着她的秀发时，她才醒过来，原来她的第二个男友，早就有了家室。

她平静地叙述着她的感情故事，就像面对一棵树一样自然。只是这平静的背后，我嗅到了沉重的压抑。我摊摊手说："其实和你一样，在爱情面前，我也只是个失败者，我刚刚和我的女友分手了。"

"是吗？"她笑了，"我还以为天底下就只有我一个可怜人，原来还是有知音的。"她的语气里带着安慰。

接下来的话题就轻松多了，我们谈人生，谈理想。到了该说拜拜的时候，我对她说："燕子，让我们一起追求理想吧！"她认真地点点头。

燕子给我的关怀从来都是实质性的，可能是因为年纪比我大的缘故。比如，她每天早晨都会到我房里转转，若是看到我没有收拾房间，也不说废话，就动起手来；我看书看得累了，她便会泡杯咖啡给我提神；晚上我要是说饿了，她很快就会去厨房下碗面，又香又辣的那种，殷勤得像我的女友。

我把和燕子的事情向朋友说了，朋友说："要是有个女孩对我这么好，我为她死都心甘情愿！"我只是笑笑。我刚从一场爱里受伤回来，我害怕面对另一场爱情。有时关了门我就想，我和这个靠着音乐寻找安慰的女孩其实还是有共同语言的，至少我们都是受过伤的人，我开始喜欢她身上淡淡的味道了。

转眼就到了盛夏，南充的天气有点变幻莫测，忽热忽冷。我一下子调整不过来，病倒了。躺在床上，一个晚上都没出门，也没开灯。房间里黑黑的，就像我此刻的心情，那一刻我甚至感觉到了死亡。

门忽然开了，进来的是燕子。

我躺在床上不敢动，怕一动，我的世界就崩溃了。她走近摸摸我的额头，滚烫。她什么也没说，开了灯，取了张棉被过来，给我盖上，又去厨房绞了一块湿毛巾敷在我额上。她看着我，怜惜地说："难怪今天晚上我一直觉得右眼在跳呢！"

燕子没有离开，像个守护神一样，坐在我的床边。

深夜的时候，我开始说梦话，燕子就紧紧地抓着我的手，像是生怕我支撑不住似的。后来，她和衣倒在我身边，我在半睡半醒中，想起了我的母亲。

第二天我的病情依然没好，燕子就把我送到了医院。我在医院待了七天七夜，燕子也陪了我七天七夜。

等我能下床开始活动的时候，我拒绝了燕子的陪伴。我发现自己不敢再去面对她，不敢面对她的关怀与热情，我只有逃亡。我匆匆地去房间收拾了一下行李就走了，什么话也没给她留下。

后来，我离开了这座城市，去了我心仪已久的一所学校。我在外面租了一个房子，又去拜访了导师，试图在那里开始一种新生活。然而每一个夜晚对我来说都是漫长和沉重的，我忽然不能控制地想念燕子。我开始怀念她身上淡淡的味道，怀念她对我的温柔与关怀，怀念她看我时如水的眼神。

我只待了一周，却感觉像有一个世纪那么漫长，我决定回家了。

家还是那个家，所有关于燕子的东西还在，这是一个令我高兴的结局，桌子上有一张燕子的字条，被挤进来的风吹得一飘一飘的：

"每次当爱走上绝路，一幕幕往事会将我们搂住，有些事虽然很无奈，至少有一起吃苦的幸福，一个人才不会……"

我笑了笑，眼里全是感动。

静静地躺在床上，闭着眼，感觉有一只青鸟从我心里飞过，飞去的是翅膀，留下的却是永久的相思。"燕子，我想对你说，离开你的这段日子里，我每时每刻都在想你。这不是你的错，不是我的错，这只是爱的罪过！"

门忽然响了，进来的是燕子。

我是如此惊讶，像是看见了一种久违的美丽。她却什么也没说，握住我的手，表情温柔而平静。

"我就觉得我的左眼怎么老是在跳呢。"

"哦！"我一脸惊喜地看着她。

"你上哪去了？"

"去北京待了一阵子。"

"怎么不告诉我一声，我也去啊。"

"我想知道在你的眼里，时间会不会拉长我的影子！"

是的，在我离开她的日子里，时间拉长了她的影子，比日子长，却又比爱情短，而打结的这段，就是幸福。

一个陌生女人的来电

心在一个笼子里关久了，
就需要到外面透透气，
哪怕是再钻进另一个笼子也好。

一周前，我躲在寝室里写小说时，电话铃响了。我有点恼怒地扔下笔，去接那个早不来晚不来偏偏这时候来的电话。是个女人的声音："文，是你吗？你为什么不理我啊？"我说："你打错了吧，我不是你口中的那个文！"女人迟疑了片刻，说："不会吧，你应该是文，我不会记错的。"我说："我是叫文，但我并不是你认识的那个文，此文非彼文。"电话里的女人突然轻笑起来，说："文，你说话真幽默，不过，打错了也不要紧，也是一种缘分，那就让这个错误继续下去，行吗？"

我不知道该不该相信她的话，但我没有挂电话，我喜欢这种清甜的声音，和这样的女孩交流，我不感到拘束。

我在七个月之前就离开了从小生活的城市，也离开了所有的亲人，一个人来到这个城市求学。我知道自己是只想飞的鸟，心在一个笼子里关久了，就需要到外面透透气，哪怕是再钻进另一个笼子也好。出行那天母亲在火车站送我时，她哭了。我就答应母亲每天给她打一个电话，让她知道我在做什么，或者要做什么，母亲这才放下心来。

刚来的时候，我很不习惯这里的气候，那雨缠缠绵绵一下就没完。但日子过得久了，也就无所谓了。

这个陌生的女人总是在每天下午的时候给我打来电话。我想她一定是个白领，因为这个时候，正是她快要下班的时间。我们通常会聊上一个小时，到华灯初上的时候说再见。作为一个长相平凡的男生，我是喜欢和这个女生聊天的，也许她长得很美丽，也或者是和我一样的平凡，但这些都不重要，重要的是我们并不认识，我们之间也没有交流上的距离。

我并不是一个善于言辞的人，在很多女孩面前，我通常会紧张得不知说什么才好，或者是我心里已想好了数十种说辞，但一遇上对方的眼睛，脑袋便慌张成一片空白，除了能机械地吐出"你好！""今天天气真好！""你吃饭了吗？"等诸如此类的话外，其余的时间，就是沉默，尴尬的沉默。所以，这些年来，我从来没有成为一场爱情故事的主角，我的存在，顶多只是陪衬而已。可是这个陌生女人就不一样，她并不需要我太多的言语，她所需要的只是一个忠实的听众罢了，就算有简单的对白，那也游离于是或不是之间。这也许就是她明知我不是她心中的文，也乐意找我聊天的原因吧。说心里话我喜欢这样的自在。

　　第七天的时候，女人告诉我她怀了文的孩子，但文突然撇下她走了，连句简单的安慰也没扔给她。我无法想象她在得知这个消息后所受的打击有多重。她在叙述这个故事的时候，显得很平静。只是在这平静的背后，我感觉到了她的沉重。我很想安慰她，只是我不知如何开口。我长长地吐了一口烟雾，女人在电话那头说："我要走了，再见。"然后，她从容地挂了电话。

　　不得不说，我是个内向的男生，村里人都这么说我，说在路上遇见的时候，我仅会微笑着打声招呼，如此而已，想和我做些深层交流都难。母亲也常说要我改，我却说："要是都和哥那样，那世界岂不单调了。"然后我就扔下一脸惊讶的母亲，一个人走进了书房。

　　我每个周末都会去市里一趟，看看嘉陵江的水或者是逛逛书店，我只是想放松一下自己，让疲惫的心获得片刻的宁静。看着那些陌生的行人在街上匆匆地来匆匆地去，有时我会想，他们是不是也和我一样的寂寞或者也一样地在爱情的门外徘徊。有时我也能在他们的脸上捕捉些一闪而过的悲伤，我总会伤心，我不知道自己的脸上何时不再出现这种神情——从他们脸上所浮现出来的，叫悲伤的沉静。

我去嘉陵江的时候，都会注意到一个女人，长发，脸色白皙，不像是本地人，她就站在堤上，朝南方望着。也许，那里才是她的家，我经常会这样想，甚至我还会把她和那个每天下午给我打电话的女人联系在一起。她的目光偶尔也会在我的脸上停留一下，但只有那么短短的一两秒钟，就转向了远方。每次不经意碰上对方的目光，我的心就忍不住地开始澎湃，我突然有种想和她好好聊聊的冲动，我甚至在心里演练了上千种开场白，还有意地朝她走过去，但女人许是想得太入神了，连眼都没抬一下，就让我静静地从她身旁穿过去，没带走一丝微笑。

接连两周我都没有接到那个陌生女人的电话，除了趴在桌子上写小说，更多的时候，我凭窗眺望远方，想想我的母亲，也想想那个陌生的她。就在我以为对方已把我彻底忘掉的时候，电话铃响了，这次我没让她先开口，就蹦出一句："咱们见个面吧。我想我是喜欢上你了。"女人像是被我吓着了，电话里是一种令人窒息的沉默。事实上，我自己也感到惊讶，惊讶自己会破天荒地说出这样的话语。过了许久，我才听见女人说："对不起，我已经找到了一个爱我的男人，我们就快要结婚了，我想，以后我是不方便再和你联系了。"

电话断了。我们就这样结束了吗？我想是的，没开始就已经结束了。

　　每个周末我还是去嘉陵江看水，那个在堤上眺望远方的女人也消失了，也许我的猜测是对的，她就是那个打电话给我的陌生女人。因为自此后我再也没有看见过她的影子，她就像是一只鸟，从我小小的领空里飞走了，不再回来。

　　我还是一个人住，每隔三天就和母亲通个电话，告诉她我一切都好。我每周还是会去嘉陵江一次，下午，照样写点东西，或者一个人坐着静静地发呆。

缘分这么浅，画不出一个圆

即使自己坚持走到彩虹的尽头，

在炫目的光彩中，

哪一盏又是自己梦里见过的路灯呢？

17岁的时候他们相爱了，彼此都爱得很深、很痴。她是他的公主，他是她的白马王子。她认为他们会幸福相伴到老，她的心扉永远只为他一个人开放，有一段时间她对爱情的理解就是浪漫加永恒。

高三毕业那年，她约他去西山玩，在一块大石头旁他们停住了。她说要让苍天来见证他们的永恒之爱。他点点头，掏出刀子，在石头上认真地刻下了"我爱你"，然后是彼此的名字。她说："等我们大学毕业的时候，我们就穿着婚纱来到这里合影留念。"他说："这是我们一辈子的誓言，千年后我们还来到这里，就让我们携手从这里出发，走进婚姻的殿堂。以后，不论我们身在何处，我们的根会永远在这里。"说罢，他笑了，一脸阳光灿烂。

然而理想与现实终究是有距离的，进入大学后，那些五彩缤纷的生活令他们很快淡忘了对方。女孩念中文系，由于她的才华与美丽，她的身旁很快云集了众多的追求者。三年里，她谈了 N 次恋爱，也有了 N 次关于爱情的感受，只是一次比一次平淡，一次比一次麻木。

她还是怀念那一段刻骨铭心的初恋。虽然她也明白，有些事情错过了，就错过了，没法再重来，但她还是深深记得那个誓言，她想，我一定会去的，不过不是为了他，而仅仅只是一种怀念。她不再相信幻想和浪漫，她常认为那是幼稚和非理性的，但她有时也很迷惘，她经常会这样想：即使自己坚持走到彩虹的尽头，在炫目的光彩中，哪一盏又是自己梦里见过的路灯呢？

而他的确是忘了曾经的许诺。他去了北京一所大学念计算机，由于他的聪明，大二那年，他设计出了一种简便的图书管理软件，以十多万元的价格卖给了一所大学。他因此声名鹊起，周边也美女如云。有时在下雨的晚上，他也会想，他为什么就失去她了呢？如果让时间重来，他是会选择过去，还是现在？他问自己，一遍遍地问自己。他知道答案是什么，人始终会变的，感情也是。他不相信有什么永恒的爱情，他只相信现实。

时间就像日历，轻轻一翻，四年一下子就过去了。到了约定的那天，她早早地从成都回到南充，她像以前那样爬上西山，来到那块许愿的石头旁，她的心猛地澎湃了。

石头还在，留言还在，岁月的风雨没有淡化他们的誓言，他们只是自己掩埋了自己。她望着那行熟悉的字，一遍又一遍地念着。也不知念了多久，她觉得脸上一凉，她知道那是她的爱情眼泪，是为自己而流的。她以为一切都已经过去了，四年里她从没给他打过电话，也没写过信，她以为她已经淡忘了，真没想到那曾经遗忘的真实却是那么清醒和深刻。

她想：如果说人生是一条长街，那么她已经错过了这条街上最美的风景，如果说人生不过是长街上的一个短梦，那么她已把这个梦搅得粉碎。于是她感到了后悔，但后悔又能怎样，过去的毕竟是过去了，就是再渴望也不可能成为现实。那一刻，她很希望他能出现，至少她能问问他的近况，可是他没有出现。又有谁会对一个18岁时的誓言认真呢？她苦笑着，但她还是用刀在上面写了一行字，并留下了日期。她想，以后她不会再回来了，永远也不会了。她不想再抱着这段往事去流浪，该忘的，就彻底忘了吧。

而他当时正和一群朋友在成都品茶，他的身边也不缺美女相陪。他问身边的一个女孩："你相信有天长地久的感情吗？"女孩扑哧一笑，说："你是第一天出来混啊，这么童话的问题还是留在梦里比较合适。"他干笑了几声，说："我想也是。"他重重地喷了口烟雾，突然心中一动，急问："今天是不是20号？"女孩说："是啊，你该不会有事吧。咱们可是说好了，晚上去兜风的，你不会变卦吧？"

他没理她，他只想马上赶到西山，去看看那块石头。他觉得自己不能再耽搁了，他连一刻也等不及了，他撇下吃惊的朋友，一个人匆匆走了。

当他跑着爬上山顶，来到那块石头旁时，她已经走了。他看到了她留下的话，看着看着他突然觉得脸上一凉，他知道那是他的爱情眼泪，只是为自己而流。他以前也曾天真地以为，一切都已经过去了，包括他们的爱情，直到此刻，他才感觉自己想错了。

大学四年里，他从没去找过她，也从没打过电话，他以为他已经淡忘，而事实上，她一直活在他心灵的某个角落里。但纵使后悔又能怎样？他们的缘分就这么浅，浅得画不出一个圆。错过了，就是错过了，这不能怨谁，这只能怨自己的命。他想，他这辈子都不会轻易许诺了，许了诺，却又无法做到，到头来伤害的还是自己。

他本来还想在上面写一行字，想想也就算了。过去了就是过去了，故事永远不能回到过去，所以他还是走了。他走的时候想，他不会再回来了，以后都不会了。他不想再抱着这个曾经的誓言流浪了。该忘的，就彻底忘记吧。

谢谢你，曾经拒绝了我的爱

我们都还年轻，

还有很多事情等着我们去做。

在中南大学的心理课上，老师正唾沫横飞地讲着"恋爱的心理与健康"，而他却什么也听不进去，思绪早已飘到了高二那年。

那年，他雄心勃勃地想考华中科技大学，然而，他的人生轨迹一不小心被她撞了一下，拐了个不大不小的弯。

那是开学前第一天，他在教室上自习，突然听到一声剧烈的响动。大家齐刷刷地抬头，只见一个女生摔倒了，正扶着桌椅站起来，拍着身上的灰尘，教室里哄地笑开了。她显然很狼狈，脸唰地红了，低着头跑到教室的最后一排，坐了下来，口中还喃喃地念着：糟了，糟了，这下糟了，我的淑女形象完全被损毁了。她猛地抬头发现，他正在看她。两人的眼神仓皇地对视了一下，马上双双低下头去。

那以后，枯燥的学习生活中，她总会时不时地和班上某个男生冒出一点不大不小的绯闻，有时又会搞点恶作剧，甚至上课的时候，还会来点小幽默。枯燥又单调的生活添了一些美丽的色彩，虽然如烟花一般，昙花一现，却也精彩。他也不知道从什么时候开始，喜欢时不时地偷偷瞟她一眼。在她面前的时候，心也会一直紧张地跳个不停，虽然他们只有在他"例行公事"似的向她催交作业时，才会说上几句话。

他甚至不知道自己为什么会改变习惯的作息时间，只为能在上学、放学时自行车棚里短暂的"偶遇"；不知道为什么自己会突然喜欢一下课就黏在楼道的窗前，只为能静静地看她一眼；不知道自己为什么会在晚自习后，要等着她离开的时候才收拾书包，望着她的背影，直至消失在夜色中。

他开始不安起来，晚上的时候开始反思自己。他知道那是不对的，但是却无法控制住自己，他决定就这样默默地关注着她。

然而她还不知道他对她的暗恋。

3月21日，她像往常一样来到学校，突然一个想法闪现在她的头脑中，她当即决定试一试。

下午趁他不注意，她急急往他的数学书里塞进一张小纸条。

晚上，自习。他见到纸条，打开一看，傻眼了，脸也倏地红了。只见那纸条上写着：自从开学以来，我就开始喜欢上你了。明天中午12点，我们在操场上不见不散。

那晚他第一次失眠了，满脑子都是那张纸条的内容，一边是担心，一边又莫名地有些惊喜。他不断地反问自己：难道她知道自己喜欢上她了？我到底该不该去？

第二天中午，万般犹豫之后，他怀着一颗忐忑又虔诚的心准时出现在了操场，而她却早已将这件事忘在脑后了。

虽然还是春天，但四月的长沙温度早已高达三十几度。三点多的时候，她才猛然想起那件事，飞快地跑到操场后面的餐馆躲了起来，在餐馆的顶楼上能够看清楚操场上所发生的一切。她本来不抱有什么希望，然而令她吃惊的是，他竟然还傻傻地站在那里等。她并没有立即跑过去告诉他，自己只不过是和他开了一个玩笑，她心里又冒出一个想要戏弄一下他的想法，她要看他能等多久。

令她失望的是，仅在半个小时后，他就离开了。她有些垂头丧气，但是她并没有怪他的理由，能够在操场站三个多小时已实属不易。还没等她反应过来，只见他举着两个冰淇淋来到操场。

她竟也莫名其妙地在那儿傻傻地看，她现在才发现，他们之间的距离是如此之近，却难以超越。太阳渐渐变得温柔，影子拖得像幸福一样长了。他却还没离开，只是冰淇淋早已融化到他的手上，像凝固的眼泪滴在操场上。看着他满手的奶油，她的心咯噔一下好像被什么东西刺了一下，她不安地跑过去，说："非常抱歉，你还真来呀，你不知道今天是愚人节吗？"

他满脸幸福地说："我知道啊，但我宁愿相信它是真的。"

她的脸一下就变得通红，低着头冒出一句："你要知道，我的男朋友可得是清华的哦，现在还是努力学习吧。"

他不住地点头，口中重重地念出一个"嗯"字。

那以后，他像变了个人似的，更加发奋读书，而她也不忘加紧学习。他们就这样在互相的"较量"中走过了高三，最终都考上了理想的大学。

在大学，他才明白，当年他遇到的是一份一生难以偿还的友谊，他发了一条短信给那个她：谢谢你，曾经拒绝了我的爱。是你用你的坚决拒绝拯救了我。

她也回复说：其实我当时也不知道怎么办，但我知道我们都还年轻，还有很多事情等着我们去做。年轻的翅膀承受不了太多的承诺，我们还要鲲鹏展翅呢。

放手，只因为我爱你

宁愿让爱绞碎自己，
宁愿让每个夜晚相思成灾，
也不能横刀夺爱。

与刘小丽相识，是在大二时朋友的一次生日 party 上。

当时我担任学校校刊的记者，整日工作忙得不亦乐乎。那一天，在校外采访完一名诗人后，我才记起今晚是死党的生日。顾不得将稿子整理整理，我便拦了一辆的士直奔九天音乐城。

路上我就觉得自己的肚子很疼，我得了盲肠炎，但因为工作忙的关系，也没去看医生，只是买了几粒消炎止痛药敷衍了事。

本来那晚音乐城里开了空调，可我仍觉得身子出奇地冷，我知道我是病了，而且很严重。在无奈的隐忍中，我感觉有一道关切的目光不时地扫射过来。我打量了一下，发现原来是刘小丽，就坐在我的对面。

人与人的缘分就是那么神奇，我不相信前世今生，但听人说人与人的相识都是前世种下的因。我只是奇怪，在和她一对望的刹那，我的心忽然有种莫名的涌动。总觉得那目光好熟悉，好像从遥远的过去起就一直萦绕在我记忆的深处。

我喜欢这种目光。所以当我微笑着向她示意时，她忽然站了起来，大大方方地坐在了我的旁边。我感到有一种暖暖的气息直扑过来，渐渐温暖着我的身子，也温暖着我漂泊了20年的心。

"你的脸色很难看，是不是感觉不舒服呀？"刘小丽甜甜的声音透着真诚的关切，迅速融化了我眼里所有的寒意，令我倍生感动。

那晚告别时，刘小丽和我交换了手机号码，并且再次叮嘱："如果有什么要帮忙的，一定要告诉我啊。"

也许苍天注定了要安排一场小灾难来成全我们。次日晚上，在校园里我再次邂逅了刘小丽。我本是要去校刊交稿子的，所以我只是和她打了个招呼，就想走开。但就在我转身的瞬间，那不争气的肚子又痛了起来。

突然的剧痛让我跌坐在地上，脸色苍白得说不出一句话来。

刘小丽赶紧跑了过来，又拨通了医院的急救电话，还送我去医院做了盲肠切除手术。

那时，我已知道刘小丽有了男友，比我大一年级，是个很帅也很有名气的小伙。可是在病床的我彻底失去了理智，我一直一遍又一遍地重复着我对她天荒地老的誓言。我知道自己已插足了别人的天空，并且把别人的影子踩得零碎不堪。我也曾后悔过、内疚过，因而我从不会在晚上让她留下来。纵使她愿意，我也会找千万种理由让她回归到应有的世界中。我在想，宁愿让爱绞碎自己，宁愿让每个夜晚相思成灾，也不能横刀夺爱。

刘小丽天天都会来医院看我。她知道我喜欢诗，喜欢散文，出院后不久便送来一大摞书，听朋友说，为了收集这些书籍，她花了整整两天的时间，几乎跑遍了这个城市的大小书店。

说真的，我觉得自己很幸福，我憧憬着我们美好的明天。但刘小丽已经有十多天没来看我了。电话也从开始的一天 20 多次不断减少，直到音讯全无。我也不知道发生了什么事，我开始满世界地找她，但她就像是消失了一般。我开始疯狂地给她打电话，但语音每次都提示着："您拨的号码已关机。"

直到第五天晚上，电话才通了。我按捺不住欣喜，事前我已准备了一大堆的话，可一听到她的疲惫的声音，我便哑了。我只是说："小丽，你怎么不来看我，也不跟我联系啊。"电话里沉默了许久，才有个冷淡至极的声音响起："对不起啊，我很忙，以后有时间再跟你联系吧。"说罢挂了电话。我有种被一桶凉水猛灌下来的感觉，呆望着书桌上的那些书籍，心头涌起陌生而荒凉的寒意。接着便是一阵阵的痛，伤心和绝望就似钱塘江的水潮迅速地把我吞噬。

突然之间，我有了一个荒唐的决定，我要为自己的爱再赌一把。刘小丽不是说过吗，只要有什么困难，她一定会全力帮助的。

我再次拨通了她的手机，但动作是异常缓慢的。我想知道，她对这份爱到底有多少诚意。虽然我很害怕面对结果，害怕那层薄纱被揭开之后，我只能注定成为她记忆中的一段插曲。

手机拨了好几次，才有一个火爆的声音出现了，却不是她，而是她的男友："你能不能放过她？她已经很累了，你能不能不再打扰她？"她男友的声音像是一阵惊雷，震得我不知所措。也不知过了多久，我才慌忙地把电话掐了。没有比这种声音更能让我惊醒的了，恍然之间，我就像是做了一场梦，梦醒后才知道自己所处何地。

我对自己说：爱又如何？自己所谓的爱已经成了别人的痛。这样的爱，还值得去追求，去渴望吗？窗外纷飞的落叶已经提醒我，没有牢固基础的爱纵使美丽也是短暂的，就像是恼人的冬雨，来也匆匆，去也匆匆，快速得让人们产生不了任何感动。

再次望着书桌上那大堆的书，我知道这是一段没有结果的爱，我只有放手，也唯有如此，才能让我，也让他们真正解脱出来。

次日，我完成一篇稿子后，便给刘小丽发了一封电子邮件：

小丽：

我真的十分爱你，可是我知道我的到来，打乱了你们的宁静。我也知道，就算我的爱再真、再纯，毕竟也是虚渺的一缕绿意，它不属于春天，也无法感动你我。所以，我只能选择离开，远离这冬天，远离这冬天的童话。我不愿意让你继续活在左右为难的痛苦泥沼中，不忍心看你生活得如此艰难，如此心碎，我只有放手……

不必再给我任何讯息。

保重！

我轻轻地舒了一口气，喃喃说着："小丽，你知道吗？放手，也是因为我爱你。"

泪，无声地流淌。

离爱仅一步之遥

其实我一直都在喊你，
不过都是在心里喊的，
在梦里喊的，
是流着泪喊的。

那是很久以前的事了。

有一个女孩喜欢上了班上的一个男孩，男孩虽然长相普通，但写得一手好文章，是《萌芽》知名签约作者，气质也挺好。用男孩的话说，他虽然不帅，但活得潇洒。

女孩打心眼里喜欢这个男孩，就想天天看见男孩。一天不见，心里就特慌，好像生活中少了支柱一样，做起事情来也是六神无主，经常出点小差错。但女孩的心事，男孩不知道，其他人不知道，只有女孩心里清楚。女孩也不说，只是想看着男孩，仅是远远地看看而已，一旦距离拉近了，反而不知道说啥。女孩就装作一本正经的样子，她也不知道心里害怕什么。

有很多次，女孩都在给自己打气，女孩心想，得主动问问男孩，那问什么呢？女孩想，就问他相不相信命吧！可一旦眼睛对着眼睛了，女孩就怯了，在心里重复了一千遍、一万遍的话，却一个字也说不出来。女孩只是张了张嘴，接着是一脸羞红如晚霞，恨不得找个地洞钻进去。

有一次，女孩在食堂门前遇见了男孩，男孩跟她挥了挥手，她装作没看见，低着头匆匆走了。男孩又在后面喊了一声，女孩也没停下来，继续往前走。女孩心想：要是他再喊一次，就停下来，就和他聊聊，问他那个她一直想问的问题。

可男孩没再喊第二次。

后来，女孩结婚了，也有了自己的孩子，男孩也成家了。两个人的日子都过得很平淡，平淡得没有半点激情。女孩就想：要是当初我停下来了，那结局会怎么样呢？肯定要比现在活得精彩，其实男孩心里也是这么想的。

再后来，两人在街上相遇了，男孩照例给女孩挥手致意，这次女孩停住了。女孩问男孩："你相信命吗？"男孩说："我相信，一直以来我都信。"

男孩问："那当初我跟你打招呼，你为什么不应呢？"女孩急答："你为什么不多喊我一次呢？"男孩说："其实我一直都在喊你，不过都是在心里喊的，在梦里喊的，是流着泪喊的。"

女孩低下头说："可是你终究还是没说出口，其实我一直等待你再喊我一次。"男孩不说话了，只是望着女孩发呆。

女孩顿了顿，又自言自语地说："或许这就是命吧。"

男孩半晌才点点头说："也许是吧。"

女孩擦了擦红红的眼睛，心想：现在还说这些有什么用呢？过去的都已经过去了。女孩对男孩笑了，笑得很甜。男孩想，女孩笑了，我也应该笑一笑。男孩也对女孩笑了，不过笑得很勉强。

就这样，一晃 40 年过去了。在男孩 70 岁那年的春天，女孩和她的丈夫感情彻底破裂，她找到男孩，向他倾诉了这几十年的辛酸苦辣。男孩紧紧地抱着女孩，但仅仅只是抱着而已。